知中编委会 编著

WE LOVE BEAUTIFUL POETRY

太喜欢诗词了！

先秦至南北朝

中信出版集团 | 北京

图书在版编目（CIP）数据

太喜欢诗词了！.先秦至南北朝 / 知中编委会编著
. -- 北京 : 中信出版社，2021.3
ISBN 978-7-5217-2852-1

Ⅰ.①太… Ⅱ.①知… Ⅲ.①古典诗歌－作品集－中国－先秦时代－南北朝时代 Ⅳ.①I22

中国版本图书馆 CIP 数据核字 (2021) 第 034396 号

太喜欢诗词了！先秦至南北朝

编　　著：知中编委会
出版发行：中信出版集团股份有限公司
（北京市朝阳区惠新东街甲 4 号富盛大厦 2 座　邮编　100029）
承 印 者：天津海顺印业包装有限公司分公司

开　　本：787mm×1092mm　1/16　　印　　张：6.25　　字　　数：200千字
版　　次：2021年3月第1版　　印　　次：2021年3月第1次印刷
书　　号：ISBN 978-7-5217-2852-1
定　　价：48.00 元

目录

先秦至南北朝诗歌总览 1

《诗经》：中国第一部诗歌总集登场！ 4
周南·关雎 / 郑风·子衿 / 魏风·硕鼠 / 豳风·七月（节选）
小雅·鹿鸣（节选）/ 小雅·采薇（节选）/ 大雅·生民（节选）
商颂·玄鸟 / 秦风·无衣 / 周南·芣苢 / 邶风·静女 / 卫风·氓

感动千年的暗恋之歌：越人歌 15
越人歌

屈原：我写的诗，是中国古诗的源头之一 16
山鬼（节选）/ 离骚（节选）/ 湘夫人 / 国殇

汉乐府：中国古代叙事诗的成熟之作 23
长歌行 / 江南 / 上邪 / 白头吟

项羽：我唱出了自己生命的绝响！ 27
垓下歌

刘邦：看我建立汉王朝后的豪情壮志 29
大风歌 / 鸿鹄歌

刘彻：来听我的悲秋之歌 32
秋风辞

李延年：说到西汉音乐家，不能少了我 34
李延年歌

班婕妤：我是古代著名的幽怨女诗人 36
怨歌行

班固：我创立了咏史诗体 38
咏史

刘桢：我是“建安七子”之一 40
赠从弟（其二）

古诗十九首：汉代文人五言诗的最高成就 42
迢迢牵牛星 / 行行重行行 / 生年不满百 / 西北有高楼 / 青青河畔草

曹操：我被称为“改造文章的祖师” 46
短歌行 / 观沧海 / 龟虽寿 / 却东西门行

曹丕：我开辟了七言诗的新天地 51
燕歌行（其一）/ 善哉行（其一）

曹植：我与白马的不解之缘 55
七哀 / 七步诗 / 野田黄雀行

阮籍：为逃避现实，我戴上不羁的面具 58
咏怀（其一）/ 咏怀（其二）/ 咏怀（其三十一）

嵇康： 正始之音，由我演奏 61
赠秀才入军（其十四）/ 赠秀才入军（其十五）/ 幽愤诗（节选）

左思：我借咏史揭露寒门的不公遭遇 64
咏史（其二）/ 咏史（其五）/ 杂诗

王献之：我是书法家“小王”，兼职诗人 67
桃叶歌（其一）

陶渊明：我被称为“古今隐逸诗人之宗” 69
归园田居（其三）/ 饮酒（其五）/ 读山海经（其十）/ 归园田居（其一）/ 杂诗（其一）/ 杂诗（其二）/ 咏荆轲

谢灵运：我让山水诗变成潮流 76
登池上楼 / 岁暮 / 石门岩上宿

鲍照：我为底层人民勇敢发声 79
拟行路难（其四）/ 梅花落 / 代东门行

谢朓：我是“永明体”的创始人之一 82
游东田 / 晚登三山还望京邑 / 游敬亭山

萧纲：我是宫体诗风的倡导者 85
折杨柳 / 雁门太守行 / 采莲曲（其一）

庾信：我的诗歌融合了南北诗风 88
重别周尚书（其一）/ 昭君辞应诏 / 寄王琳

南朝民歌：古老又浪漫的曲调 91
西洲曲 / 子夜四时歌

北朝民歌：苍茫大地上的劲歌 94
敕勒歌

太喜欢诗词了！先秦至南北朝

图书策划
知中 ZHICHINA
红披风

出版人
苏静

艺术指导
强尼

内容监制
叶扬斌 / 曲群（实习）

策划编辑
叶扬斌 / 陈瑜

责任编辑
郝兰

文字编辑
孙婧媛

营销编辑
王沛 / 金慧霖 / 陆琮
徐昇声 / 张旖旎

撰稿人
Pla / 王诗媛 / 白棠

插画师
wjojw

联系我们 zhichina@foxmail.com

出版发行
中信出版集团股份有限公司，
北京市朝阳区惠新东街甲4号，
富盛大厦2座，100029

微博账号
@ 知中 ZHICHINA

微信账号
ZHICHINA2017

先秦至南北朝诗歌
总览

先秦至南北朝

这一本书中，我们读到的主要是古体诗。古体诗是近体诗形成以前，除楚辞体外各种诗体的通称。古体诗没有严格的格律要求，不要求对仗，平仄、每句的字数等也都比较自由。它有四言、五言、六言、七言等多种体式。

我们无法回答最早的诗歌产生于什么时候，也无法得知最早的诗歌是什么样子，但从《诗经》和《楚辞》这两大源头开始，中国古典诗歌便开始了漫长又精彩的发展之旅：从先秦时期到两晋南北朝，古诗从四言诗发展为五言诗、七言诗，优秀的诗作不断涌现，诗歌的艺术园地越发琳琅满目，为后世诗歌的发展立下一个个精彩范本。不过由于年代久远，很多诗的作者没有留下自己的名字。

		特点	代表人物 / 作品	影响 / 地位
先秦				
	诗歌诞生	多为两言或三言	如劳动时互相加油打气的调子，宗教活动中的一些祭祀咒语等	诗歌的产生与音乐有着密切的关系，歌谣是诗歌最早的形态
春秋	**四言诗**	多为四字一句	《诗经》	我国最早的诗歌总集，代表着中国古代第一种诗体——四言诗的成熟
战国	**楚辞体（辞体）**	杂言形式，句式长短不一	屈原、宋玉《楚辞》	突破了《诗经》的四言体式
汉魏				
	从杂言向五言诗过渡		汉乐府	促进文人五言诗的发展
东汉	**文人五言诗**		班固《咏史》	现存较早的文人五言诗
			《古诗十九首》	代表了汉代文人五言诗的最高成就

	特点	代表人物／作品	影响／地位
文人七言诗		曹丕《燕歌行》二首	现存最早的较为成熟的文人七言诗，带来了诗体的新突破
正始体	诗歌抒发乱世中诗人苦闷与旷达相交织的复杂心境	“竹林七贤”中的嵇康和阮籍	
两晋			
	诗歌创作追求华丽的辞藻，讲究对偶	左思、潘岳	左思以诗歌抒发寒士的不平心境，在当时的诗坛独树一帜
玄言诗	因为社会流行谈论老庄玄理，由此产生		
田园诗		陶渊明	拓宽了诗歌的题材
南北朝			
山水诗		谢灵运	中国诗歌产生新题材
七言诗		鲍照	促进了七言诗的发展
南朝 “永明体”诗	永明年间（483—493），五言诗开始讲究声律，出现了格律诗——“永明体”诗	谢朓	为唐代律诗的产生打下基础
南朝 宫体诗	描写宫廷生活，风格香艳华丽	梁简文帝萧纲、宫廷文人庾信等	

《诗经》：中国第一部诗歌总集登场！

◇◇◇◇◇◇◇◇◇◇◇◇◇◇◇◇◇◇◇◇◇◇◇

《诗经》大约编纂成书于春秋时期，是中国第一部诗歌总集。它最初叫《诗》，后来被奉为儒家经典，到了汉朝被尊称作《诗经》。因收录作品305首，所以又被称为“诗三百”。孔子说，“不学诗，无以言”，可见古人对《诗经》的重视。

《诗经》有“六义”，其中“风”“雅”“颂”分别代表不同的诗歌种类，“赋”“比”“兴”分别代表不同的表现手法。《诗经》以四言为主，富有韵律，读起来朗朗上口。它收录的作品时间跨越五百多年，内容涵盖了从西周初期至春秋中叶的宫廷礼仪、平民生活和人情风物，是我们研究先秦历史的重要参考资料。

总的来说，《诗经》里的作品可分为三大类：风、雅、颂。

风，又叫国风，采集的是地方民谣，是老百姓们最爱听的“流行歌曲”。十五国风就是指十五个地区的地方土乐，包括《周南》《召南》《邶风》《鄘风》《卫风》《王风》《郑风》《齐风》《魏风》《唐风》《秦风》《陈风》《桧风》《曹风》《豳风》。《王风》是衰落后的东周王畿的民谣，《周南》《召南》指的是流传于以前的大贵族周公和召公的地盘上的歌谣。

颂是最庄严的祭祀音乐，分为周颂、鲁颂、商颂。这些祭祀歌曲是演奏给天子老祖宗的，所以只能供“商”“周”这样级别的朝廷，或者“鲁”这样和天子关系亲近的封国使用。

雅也是一些比较正式的歌曲，分为大雅和小雅，前者较长，后者较短。雅一般用在贵族们聚会的时候。

◇◇◇◇◇◇◇◇◇◇◇◇◇◇◇◇◇◇◇◇◇◇◇

“采诗官”故事

我是一名采诗官，生活在春秋时期。在我生活的年代，《诗经》还没有成为“经书”，只被叫作《诗》。据说周王朝刚建立时，天子和贵族们就开始派人采诗了。这些在宫廷或民间收集到的诗歌增增删删，到我的时代，已经跟你现在读到的版本差不多了，不同的是，我接触到的是词曲合一的歌曲，可《诗经》的乐谱并没有流传下去，你们只能读文字啦。

采诗官不乏孤寡老人。我嘛，靠采诗赚点微薄的薪水。采诗官的身份各异，收集的诗歌也很不一样。

在风雅颂三类诗歌中，我最喜欢的是风。我和我的前辈们跑了很多地域，最终搜集、编写了十五个地区的风——对了，你们常用的“采风”这个词，就是这么来的。

收集这些民歌时，我能看到邻家姑娘和小伙子在湖上泛舟，能闻见田地里谷物和泥土的香气。当然，我也能尝到兵荒马乱的战争之苦，听见饥荒中孩童的哭泣。这些场景被鲜活地保存在国风中，让《诗经》拥有了现实生活的酸甜苦辣。怪不得后来的人们会将《诗经》里的风和《楚辞》里的《离骚》并称为“风骚”，原来是和我一样，爱上了这些从生命河流里流淌出来的诗歌。

周南·关雎

关关雎鸠，在河之洲。
窈窕淑女，君子好逑。

参差荇菜，左右流之。
窈窕淑女，寤寐求之。

求之不得，寤寐思服。
悠哉悠哉，辗转反侧。

参差荇菜，左右采之。
窈窕淑女，琴瑟友之。

参差荇菜，左右芼之。
窈窕淑女，钟鼓乐之。

·荇菜（xìngcài）：一种水草，漂浮在水面上
·窈窕（yǎotiǎo）：美好的
·寤寐（wùmèi）：醒时和睡时，指日夜
·芼（mào）：采摘

知识卡片 看似突兀的“雎鸠”，用处却不小

这是《诗经》的第一首诗，孔子讨论《诗经》也是从这篇开始的。不过，《关雎》的特别之处可不仅在于它在目录上的顺序。

《关雎》属于“风”当中的“周南”部分，讲述的是一位男子追求心爱女子的故事。短短八十字的小诗，诞生了两个流传千年的成语：“窈窕淑女”和“辗转反侧”。窈窕淑女就是男子追求的美丽的女子。女子的一举一动，都牵动着他的心，对女子的思念让他在床上翻来覆去，不得入眠——这便是辗转反侧。

不过你可能会奇怪，这样一首古老的爱情小诗，为何会在开头冷不丁地提到“关关雎鸠”，即沙洲上鸣叫的水鸟呢？可别小瞧了这突兀的句子，它正是“六义”之中的“兴”。宋代大学问家朱熹认为，“兴”这种表现手法指的是“先言他物以引起所咏之词也”，在这首诗中，“雎鸠”就是“他物”，看似和主题没有关联，但却以鸟儿的双宿双飞暗示了爱情，由此引出了下面的故事。

郑风·子衿

青青子衿，悠悠我心。
纵我不往，子宁不嗣音？

青青子佩，悠悠我思。
纵我不往，子宁不来？

挑兮达兮，在城阙兮。
一日不见，如三月兮。

·嗣音（sìyīn）：继续通信。嗣，接续

知识卡片

“青领”，原来大有玄机

你可能听过蓝领、白领，那你知道“青领”是什么吗？

衿指衣领，“青青子衿”代指的就是“穿青领衣服的男子”。古时候，年轻学子常穿青色衣领的衣服，后来“青衿”逐渐成为对读书人的特殊称呼。就像我们现在用“白领”和“蓝领”分别指代主要从事脑力劳动和体力劳动的人。

“青衿”和“读书人”关系紧密，所以许多给《诗经》注释的古人觉得，《子衿》是在暗指乱世中学校的衰败：《子衿》里的女子埋怨情郎不准时赴约，教书的先生们就像这女子一样，等不来自己的学生。但是现代学者大都认为这样的解释很是牵强。特别是最后四句写女子在城阙徘徊的场景和她一日不见便如同过了三月之久的焦虑，都更像是悠悠不尽的情思。因此，读诗可不要盲目迷信释义。参照注解，仔细品读，独立思考，才是上上策！

魏风·硕鼠

硕鼠硕鼠，无食我黍！三岁贯女，莫我肯顾。逝将去女，适彼乐土。乐土乐土，爰得我所！

硕鼠硕鼠，无食我麦！三岁贯女，莫我肯德。逝将去女，适彼乐国。乐国乐国，爰得我直！

硕鼠硕鼠，无食我苗！三岁贯女，莫我肯劳。逝将去女，适彼乐郊。乐郊乐郊，谁之永号！

知识卡片

猜猜“大老鼠”的真面目

我们会用“贼眉鼠眼”和“过街老鼠”来形容一些鬼鬼祟祟、奸诈狡猾的坏蛋，可是你能想象这些和老鼠有关的描述，被用在统治者身上吗？

《硕鼠》就是这样一首将统治者比喻成大老鼠的诗歌。它采用了“六义”中“比”的文学手法，这和打比方类似。《硕鼠》里的“我”和老鼠对话，谴责它们不顾人的死活，疯狂偷吃粱黍、小麦和禾苗。表面上看“我”是在咒骂老鼠，实际上却是批评那些让平民越来越辛劳的贪得无厌的统治者。

《硕鼠》出自《魏风》，相传是在魏国快要灭亡的时候创作的。魏国土地狭小，百姓的日子过得相对艰难，所以《魏风》中有许多反映民间疾苦的作品。不少魏国人因为无法忍受横征暴敛而逃往周边的诸侯国，而那些异乡可能正是《硕鼠》里念叨的“乐土”“乐国”和“乐郊”。

豳风·七月（节选）

七月流火，九月授衣。一之日觱发，二之日栗烈。
无衣无褐，何以卒岁？三之日于耜，四之日举趾。
同我妇子，馌彼南亩，田畯至喜。

七月流火，九月授衣。春日载阳，有鸣仓庚。女执
懿筐，遵彼微行，爰求柔桑。春日迟迟，采蘩祁祁。
女心伤悲，殆及公子同归。

- 觱发（bìbō）：风寒盛
- 耜（sì）：古代的一种翻土农具
- 馌（yè）：给在田地中劳作的人送饭
- 田畯（tiánjùn）：古代管理农业事务的官员
- 蘩（fán）：白蒿

知识卡片 后世的农事诗，从这里开始

《七月》说的可不只是七月里的事儿，而是农人一年四季的劳作过程。容易让人误解的还有诗中的“七月流火”，它并非指“七月像火焰一样炎热”。“火”是一颗名叫大火的星星，它在农历七月前后向西移动，古人便称之为“流火”。所以，“七月流火”说的其实是季节由夏入秋，天气开始转凉。

误解产生于不了解。因为不了解古人的语言和文化，容易对《七月》望文生义；而因为不了解老百姓的日常生活，统治者们也容易做出错误的决策。所以周朝的天子会派采诗官到民间“采风”，以倾听民意。

百姓的日子到底怎么样呢？农历七月转凉，九月他们才缝制衣裳。冬天寒冷刺骨，可还是有人缺衣少食。熬过了冬日，又要开始下地耕作。这样一年四季周而复始，无比辛劳，只有经过农人亲口诉说，我们才能略微体会。这些对农家艰苦生活全面、真实的描写，不仅提醒着天子爱民勤政，也成为后世农事诗的开端。

小雅·鹿鸣（节选）

呦呦鹿鸣，食野之苹。
我有嘉宾，鼓瑟吹笙。
吹笙鼓簧，承筐是将。
人之好我，示我周行。

知识卡片

周天子的完美派对

办一场完美的派对需要准备些什么？美味的饮料和动感的音乐必不可少；如果能再有一些礼物助兴，那就更好了。事实上，两千多年前的周天子也是这样和大臣们开派对的！《鹿鸣》描述的就是这样的情景：温顺的鹿儿们一边鸣叫，一边采食苹草；贵族们也像鹿一般相聚，一起把酒言欢。这边美酒佳肴都已经备上了，那边琴瑟、笙簧也吹拉弹唱起来开始助兴。在一片视觉、听觉、嗅觉和味觉的享受中，周天子拿出了金银珠宝，送给四周的客人。大家唱着、喝着、笑着，派对也就进入了高潮。

周天子举办这样隆重的派对可不只是为了享乐，借此宴会，君王与群臣的感情能得到加深。《鹿鸣》所展现的，是一种影响深远的社交礼仪。曹操的《短歌行》也用“呦呦鹿鸣”来表达对人才的招揽。到唐代，鹿鸣宴成为科举制度中规定的一种宴会，即科举考试结束之后的“同学聚会”。

小雅·采薇（节选）

昔我往矣，杨柳依依。
今我来思，雨雪霏霏。
行道迟迟，载渴载饥。
我心伤悲，莫知我哀。

知识卡片 折条柳枝送给你

假如一位古代中国的朋友要同你分别，猜猜看，他会如何跟你道别？说“再见”，还是说“再会”？我猜，他或许会一言不发，默默地为你折一条柳枝。

这条普普通通的柳枝，蕴含着无尽的情谊和悠久的文化含义。早在《诗经》时代，柳树就已成为亲人朋友之间离别的象征。这是个一语双关的谜语：“柳”和“留”谐音，委婉地表达出了对亲朋的挽留。而在《采薇》中，一句“杨柳依依”写尽了柳枝垂下、挽留行人的柔软姿态，以至于我们现在仍然会用“依依惜别”“依依不舍”来表达这种情愫。

为什么《采薇》里的主人公当初会如此依依不舍地离开呢？原来他是一名要上战场的士兵，背井离乡，与妻儿分别。在战后归来时，士兵发出了“我心伤悲，莫知我哀”的感叹。战争久战不休，士兵对自己的遭际也无限感伤，可是又有多少人能体味这种悲哀和痛苦呢？

大雅·生民（节选）

厥初生民，时维姜嫄。生民如何？克禋克祀，以弗无子。履帝武敏歆，攸介攸止。载震载夙，载生载育，时维后稷。

诞弥厥月，先生如达。不坼不副，无菑无害，以赫厥灵。上帝不宁，不康禋祀，居然生子。

诞置之隘巷，牛羊腓字之；诞置之平林，会伐平林；诞置之寒冰，鸟覆翼之。鸟乃去矣，后稷呱矣。实覃实讦，厥声载路。

·禋（yīn）：古代祭天典礼中，升烟来祭奠
·坼（chè）：裂开
·菑（zāi）：同"灾"，灾害；灾难
·覃（tán）：长，悠长

知识卡片 脚印孕育了周人祖先？

如果说商人认燕子作祖宗的行为已经足够奇怪，那么周人对自己由来的看法则更标新立异——从脚印中诞生！传说远古时期有一位叫姜嫄的女子，她不小心踩上了几只巨大脚印。像是游戏里触发了什么机关，姜嫄立即有了奇怪的感觉。她回到家后，惊讶地发现自己怀了孕，并生下周人的始祖后稷。

作为《大雅》中的一首，《生民》通常在一些比较正式的祭祀场合演奏。它用了许多讲故事的口吻描写祖先的由来，这种文学手法是"六义"中的"赋"，直接叙述故事、表达感情。为什么古人会以一些神秘传说解释自己的由来呢？一方面，这是因为先秦的不同族群常常会有自己崇拜的图腾。例如商人崇拜鸟类，周人信奉熊，他们坚信这些野兽会保佑自己，所以他们的传说分别与"玄鸟"和"熊的脚印"有关。另一方面，由于生物知识的缺乏，古人可不知道女人怀孕生子背后的科学原理。所以，往往将生命的繁衍归结于一些神奇的说法。

商颂·玄鸟

天命玄鸟，降而生商，宅殷土芒芒。古帝命武汤，正域彼四方。方命厥后，奄有九有。商之先后，受命不殆，在武丁孙子。武丁孙子，武王靡不胜。龙旂十乘，大糦是承。邦畿千里，维民所止，肇域彼四海。四海来假，来假祁祁，景员维河。殷受命咸宜，百禄是何！

· 旂（qí）：古代的一种旗帜，旗面上画着龙，旗杆头上系着铜铃
· 糦（chì）：祭祀时所用的粮食
· 畿（jī）：古代王都附近方圆千里的地区

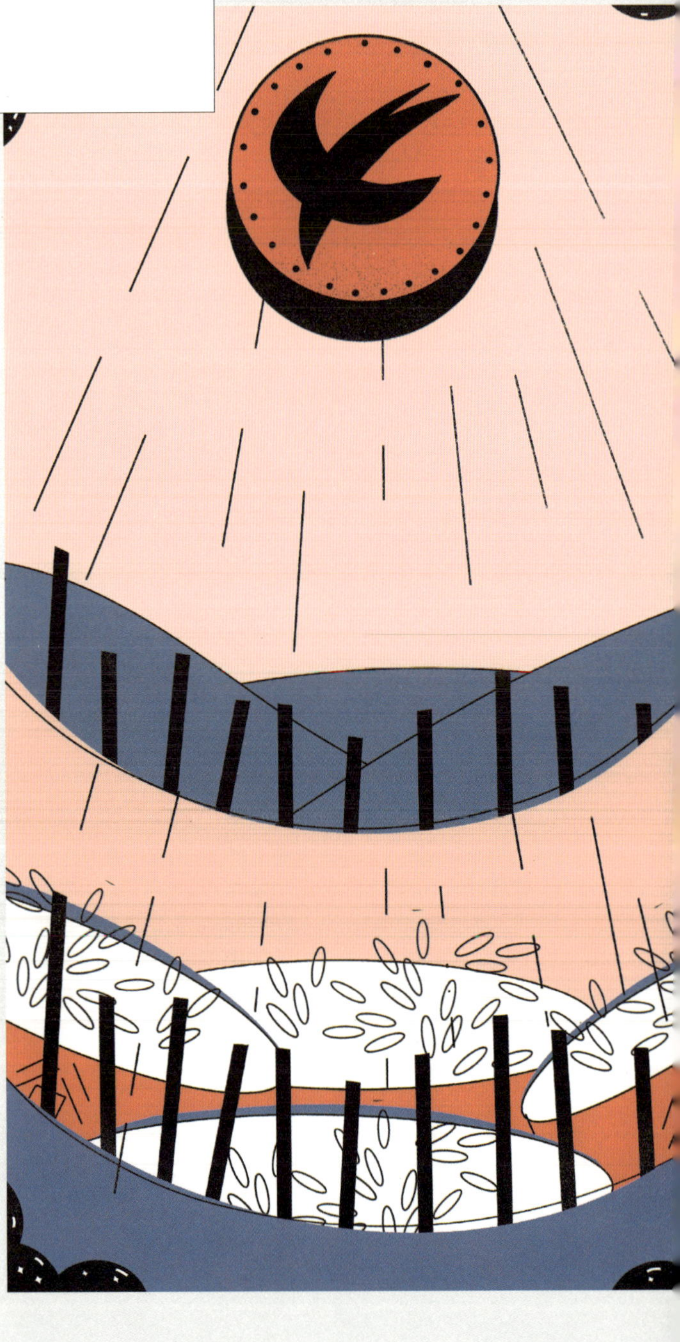

知识卡片

燕子生下了商人祖先？

“小燕子，穿花衣，年年春天来这里……”这首儿歌想必你很熟悉。但如果要让商代的人唱一首关于燕子的歌，那可要严肃隆重多啦。因为传说他们祖先的诞生就与燕子有关。

《玄鸟》开头诉说了商人祖先的来历——“天命玄鸟，降而生商”，“玄鸟”一说就是燕子。“玄”有黑色的意思，指的就是燕子的“花衣裳”。传说有娀氏之女简狄吞燕卵而怀孕生契，契建商。诗里反复提及的“武丁孙子”，其实是商人的自称。商人十分尊敬一位名叫武丁的商朝君主，因为在武丁时期，商王朝步入了最辉煌的阶段。

这样一首纪念商的诗歌究竟是在什么年代创作的呢？学术界还没有统一的意见。有的学者认为这就是商代创作的歌谣；而有些学者觉得这是西周时商人的后裔为纪念祖先编写的。据说商人后代建立了宋国，宋国常常演奏《商颂》中的诗歌，以追忆曾经鼎盛的时光。

拓展阅读

秦风·无衣

岂曰无衣？与子同袍。王于兴师，修我戈矛。与子同仇。

岂曰无衣？与子同泽。王于兴师，修我矛戟。与子偕作。

岂曰无衣？与子同裳。王于兴师，修我甲兵。与子偕行。

◉

《无衣》让我们看到秦国军队中战士们的团结友爱。一位士兵没有袍（士兵们白天穿在身上，晚上则当作被子），另一位则说可以与他分享同一件袍，诗中的“同泽”“同裳”也体现出这种亲密友爱。后来军人之间以“同袍”相称，军人间的友谊称为“袍泽之谊”，就来源于这首诗。

周南·芣苢

采采芣苢，薄言采之。采采芣苢，薄言有之。

采采芣苢，薄言掇之。采采芣苢，薄言捋之。

采采芣苢，薄言袺之。采采芣苢，薄言襭之。

◉

芣苢即车前草，古人认为，车前草的种子车前子可以入药，对女性生育很有助益，所以妇女便相伴采摘车前子，在劳动的过程中唱起这支歌。现在已经听不到它的曲调了，但是从它的语言中，我们也可以感受到整个劳动场景的欢快、热烈。

·芣苢（fúyǐ）：车前草，一种植物
·袺（jié）：提起衣襟兜东西
·襭（xié）：把衣襟下摆掖于腰带兜东西

邶风·静女

静女其姝，俟我于城隅。爱而不见，搔首踟蹰。

静女其娈，贻我彤管。彤管有炜，说怿女美。

自牧归荑，洵美且异。匪女之为美，美人之贻。

·爱：通“薆”，隐蔽
·娈（luán）：容貌美丽
·炜（wěi）：明亮
·怿（yì）：喜悦
·荑（tí）：茅草的嫩芽
·洵（xún）：确实，非常

◉

这首《静女》是以一个男子口吻讲述与心爱的姑娘在城角约会的情景，充满美好恋爱的甜蜜。诗中的“彤管”“荑”是两人互赠的爱情信物，彤管的所指尚无定论，荑用来形容恋爱的纯洁。

卫风·氓

氓之蚩蚩，抱布贸丝。匪来贸丝，来即我谋。送子涉淇，
至于顿丘。匪我愆期，子无良媒。将子无怒，秋以为期。

乘彼垝垣，以望复关。不见复关，泣涕涟涟。既见复关，
载笑载言。尔卜尔筮，体无咎言。以尔车来，以我贿迁。

桑之未落，其叶沃若。于嗟鸠兮，无食桑葚。于嗟女兮，
无与士耽。士之耽兮，犹可说也。女之耽兮，不可说也。

桑之落矣，其黄而陨。自我徂尔，三岁食贫。淇水汤汤，
渐车帷裳。女也不爽，士贰其行。士也罔极，二三其德。

三岁为妇，靡室劳矣。夙兴夜寐，靡有朝矣。言既遂矣，
至于暴矣。兄弟不知，咥其笑矣。静言思之，躬自悼矣。

及尔偕老，老使我怨。淇则有岸，隰则有泮。总角之宴，
言笑晏晏。信誓旦旦，不思其反。反是不思，亦已焉哉。

·氓（méng）：民，百姓
·蚩（chī）：憨厚的样子
·愆（qiān）：拖延
·说：通“脱”，解脱
·徂（cú）尔：嫁到你家来
·汤汤（shāngshāng）：水很大的样子
·罔（wǎng）：无，没有
·咥（xì）：大笑的样子
·隰（xí）：低处的湿地

◉

在这首《氓》中，一位遭到丈夫遗弃的女性向我们讲述她的婚姻悲剧，“氓”的意思是民，百姓，这里指的是她的丈夫。你有没有发现，诗中多次先提到桑树，再开始讲述这位女性的经历？这就是《诗经》中常见的比兴手法，桑树从茂盛到衰落的变化，与这位女性从青春到衰老的变化是一致的。

感动千年的暗恋之歌：越人歌

◇◇

越人的故事

我是春秋战国时期的一个普通的越人歌手，历史没有留下我的名字，但是我唱过的歌词却流传到了你们的二十一世纪。这都是因为那天我在为楚国的鄂君子皙公子划船的时候，被他的翩翩风度打动了，无法按捺住自己对他的爱慕之情。但那时我很紧张，因为他是尊贵的王子，而我只是个一点也不显眼的划船人，便只能站在船头默默看着他，用他听不懂的越地方言唱这支包含着我的爱慕和忧伤的歌。没想到这卑微的歌竟被他听到了，别人为他翻译成楚语，他听了之后很感动。虽然你们不知道曲调，但希望你们可以从文字里感受到我那时复杂的心情。

◇◇

越人歌

今夕何夕兮搴洲中流，
今日何日兮得与王子同舟。
蒙羞被好兮不訾诟耻，
心几烦而不绝兮得知王子。
山有木兮木有枝，心说君兮知不知？

·搴（qiān）：拔。洲，作“舟”。“搴洲中流”即在河中荡舟的意思
·訾（zǐ）：诽谤，讲坏话

知 识 卡 片 我国文献记载的最早的翻译诗作

《越人歌》描写的是划船的越女对楚国公子鄂君子皙的爱慕之情。“山有木兮木有枝，心说君兮知不知？”是诗中的名句，表达自己的爱意不能被所爱之人知晓的悲伤和无奈。其中的“说”字其实是我们今天的“悦”字，意思是喜欢、爱慕（后边这句有的版本也写作“心悦君兮君不知”）。原文是越地方言，西汉刘向写的《说苑》中用汉字记载了它的发音，今天我们读到的汉字版是从越语翻译为楚语的楚国民歌。它体现着楚歌的特点：每句的长短不一样，句中、句尾经常会点缀语气词“兮”。而楚歌的这些特点，对屈原的诗歌创作产生了直接的影响，他就是在这样的诗歌体式中写下《离骚》等作品，并进一步发展成了“楚辞”。值得一提的是，今天我们读来是“诗”的楚歌，在当时是民歌，和我们今天的歌曲一样，不仅有歌词，还有旋律，只是曲调失传，我们只能看到文字啦。

屈原：我写的诗，是中国古诗的源头之一

◇◇◇◇◇◇◇◇◇◇◇◇◇◇◇◇◇◇◇◇◇

屈原（约前 340—约前 278）

名平，字原，战国时期楚国人。早期受楚怀王信任，担任楚国要职。后因同僚排挤、君王猜忌，先后两次被放逐。第二次被放逐至湖南时，屈原听闻楚国首都被秦兵攻破，悲痛欲绝，投汨罗江自尽。屈原投江那日恰逢农历五月初五，后世端午节便以纪念屈原为俗。鲁迅评价屈原“逸响伟辞，卓绝一世”，这是指他的作品不同凡响，后世之人难以超越。屈原的诗句长短不一，富有想象。就像楚国的高山险峰，起伏错落，令人惊心动魄，许多楚人争相模仿。这些颇具楚地特色的文字后来被集合成《楚辞》，与中原地区句式规整的《诗经》一起成为中国古典诗歌的两大源头。

◇◇◇◇◇◇◇◇◇◇◇◇◇◇◇◇◇◇◇◇◇

诗人故事

我的故乡叫楚。你们现在叫湖北的地方，正是我们楚国的中心。我一生的喜怒哀乐，都跟这里有关。

我是与楚王同姓的贵族。我年轻时，得到楚怀王的赏识，渐渐成了他的左膀右臂。我热爱楚地，凡是对楚地有威胁的势力，我都格外警惕。当时，秦国虎视眈眈，我便向楚怀王提议，联合齐国，共同抗秦。可是后来，怀王不那么信任我了。他不仅破坏了楚齐联盟，还将我贬官。对我来说，这是个沉重打击。离开郢都的我只能把情绪宣泄在诗歌中。但哪怕如此悲愤交加，我依然挂念故土的一草一木。我种下故乡的兰花和蕙草，它们美得纯粹，像极了谦谦君子。我对花的爱、对君主的爱，和对楚国的爱是一样的。

没过几年，怀王吃了秦国的亏，才想起我的好。他把我请回朝廷，重新任用我。但他似乎没得到足够的教训，不顾我的劝阻，听信小人谗言，执意去参加秦王举办的聚会。结果，他被秦军劫持到咸阳。继任的新君是楚怀王的长子楚顷襄王，他一意孤行，不仅听信奸臣谗言，更在战争中节节败退。楚顷襄王继位的第三年，怀王卒于秦国。这一桩丧君辱国的事，让我悲伤又愤懑。我痛恨当时劝楚王入秦的势力，他们又向顷襄王进谗言，把我放逐到偏远的地方。

在生命最后的那段日子里，我时常想起故乡的风土人情。我编写过一套用来祭祀神明的乐歌，名叫《九歌》。在你们的时代，相信鬼神可能只是迷信；但在我所处的年代，那些配合着神秘仪式的诗句却是我们楚人对天地万物的敬意。当我看到异乡的人们用不同的歌曲表达相似的虔敬时，我对故乡的思念就更加深切了。可是我再也回不去了。楚顷襄王在位的第二十一年，秦国的铁骑踏入了楚国的国都。楚国一败涂地，我花了很长时间，都没回过神来。失魂落魄的我来到江边，看着江水滔滔，携泥土奔流不息。我突然觉得，这人世其实也像江水那样浑浊不堪，令人失望。香草和明君，还有故乡，都在我的心里，我不会容忍他人玷污。而我的肉体已经不重要了，与其留在这肮脏人间，倒不如赠予江鱼，滋养它们的生命。

那么，就让汨罗江成为我今生的归宿吧！

山鬼（节选）

若有人兮山之阿，被薜荔兮带女罗。
既含睇兮又宜笑，子慕予兮善窈窕。
乘赤豹兮从文狸，辛夷车兮结桂旗。
被石兰兮带杜衡，折芳馨兮遗所思。

·薜荔（bili）：一种常绿藤本植物

知识卡片 唱歌，跳舞，拜山鬼

《山鬼》选自《九歌》，是一首楚人祭祀山神的诗歌。东汉史学家班固写的《汉书》中，有一章名叫“地理志”，专门记载各地的自然与人文。其中着重提道：楚地的一大特点，就是“信巫鬼”。楚地崇拜鬼神的观念不仅形成了复杂的礼仪，也孕育了奇特的祭祀歌曲。屈原把十一首祭祀不同神灵的歌曲集结到一起，编写出了《九歌》。先秦的楚人可不是干巴巴地唱这首《山鬼》。他们一边唱歌，一边跳舞，同时还要表演。楚人通过演绎人类和神仙相爱的情景，来体现人神之间的交流。而《山鬼》所描写的，正是山鬼姑娘无法和凡人男子相见的凄美故事。

“被薜荔兮带女罗”中的“被”是“披”的意思。美丽的山鬼身披薜荔，腰束女罗，用石兰和杜衡”做装饰，甚至还坐着辛夷制成的车子，挥舞桂旗。这些你或陌生或熟悉的植物，其实都是屈原最喜欢的香草。他用这些香草衬托山林女神姣好的容貌和独特的气质。而在《离骚》中，他也使用了大量的香草来衬托自己的高尚品德。

离骚（节选）

长太息以掩涕兮，哀民生之多艰。
余虽好修姱以鞿羁兮，謇朝谇而夕替。

既替余以蕙纕兮，又申之以揽茝。
亦余心之所善兮，虽九死其犹未悔。

怨灵修之浩荡兮，终不察夫民心。
众女嫉余之蛾眉兮，谣诼谓余以善淫。

固时俗之工巧兮，偭规矩而改错。
背绳墨以追曲兮，竞周容以为度。

忳郁邑余侘傺兮，吾独穷困乎此时也。
宁溘死以流亡兮，余不忍为此态也。

鸷鸟之不群兮，自前世而固然。
何方圜之能周兮，夫孰异道而相安？

屈心而抑志兮，忍尤而攘诟。
伏清白以死直兮，固前圣之所厚。

悔相道之不察兮，延伫乎吾将反。
回朕车以复路兮，及行迷之未远。

· 姱（kuā）：美好
· 鞿羁（jījī）：牵马的缰绳和络头，这里比喻束缚
· 谇（suì）：进谏
· 纕（xiāng）：佩带
· 茝（zhǐ）：白芷，一种植物
· 诼（zhuó）：诬谤
· 偭（miǎn）：违背
· 忳（tún）：忧愁烦闷
· 侘傺（chàchì）：失意的样子
· 溘（kè）：忽然
· 鸷鸟（zhìniǎo）：凶猛的鸟
· 圜（yuán）：同"圆"

步余马于兰皋兮，驰椒丘且焉止息。
进不入以离尤兮，退将复修吾初服。

制芰荷以为衣兮，集芙蓉以为裳。
不吾知其亦已兮，苟余情其信芳。

高余冠之岌岌兮，长余佩之陆离。
芳与泽其杂糅兮，唯昭质其犹未亏。

忽反顾以游目兮，将往观乎四荒。
佩缤纷其繁饰兮，芳菲菲其弥章。

民生各有所乐兮，余独好修以为常。
虽体解吾犹未变兮，岂余心之可惩！

·芰荷（jìhé）：菱叶与荷叶

知识卡片 难解的《离骚》，难尽的忧愁

《离骚》这个标题晦涩难懂，连古代的大学问家们也为此抓耳挠腮、莫衷一是。汉代的班固觉得“离”是“遭”，“骚”是“忧”，合起来是“遭遇忧愁”。不过东汉的王逸却有不同的看法。王逸是最早为《楚辞》写下完整注释的文学家，他认为“离骚”应该解释成“别愁”，指的是离别的忧愁。

后世学者有的支持班固，有的同意王逸。但不管怎么解释，《离骚》都表达出屈原报国无门的满腹愁绪。学者们推测，这首两千多字的长诗正是写于屈原被贬之后。比较特别的是，屈原除了直接抒发自己遭到君王遗弃的苦痛，还将自己的优秀品格比作女子的“蛾眉”，把同僚对他的倾轧比作“众女嫉余”，并且埋怨楚怀王像负心汉一样将他贬斥。这种将政治比喻成爱情的文学手法是屈原的创新，后世诗人也常常学屈原这样，用男女之情象征君臣关系。例如曹植的《七哀诗》，便用“愿为西南风，长逝入君怀”表达了思君报国的衷肠。

湘夫人

帝子降兮北渚，目眇眇兮愁予。
袅袅兮秋风，洞庭波兮木叶下。
登白薠兮骋望，与佳期兮夕张。
鸟何萃兮蘋中，罾何为兮木上？

沅有茝兮澧有兰，思公子兮未敢言。
荒忽兮远望，观流水兮潺湲。
麋何食兮庭中，蛟何为兮水裔？
朝驰余马兮江皋，夕济兮西澨。
闻佳人兮召予，将腾驾兮偕逝。

筑室兮水中，葺之兮荷盖。
荪壁兮紫坛，匊芳椒兮成堂。
桂栋兮兰橑，辛夷楣兮药房。
罔薜荔兮为帷，擗蕙櫋兮既张。
白玉兮为镇，疏石兰兮为芳。
芷葺兮荷屋，缭之兮杜衡。
合百草兮实庭，建芳馨兮庑门。
九嶷缤兮并迎，灵之来兮如云。

捐余袂兮江中，遗余褋兮澧浦。
搴汀洲兮杜若，将以遗兮远者。
时不可兮骤得，聊逍遥兮容与！

- 薠 (fán)：一种植物
- 罾 (zēng)：渔网
- 茝 (zhǐ)：白芷，一种植物
- 澧 (lǐ)：澧水，洞庭湖水系中的一条河流，在湖南省西北部
- 澨 (shì)：水涯
- 兰橑 (lánliáo)：用木兰做的椽子。橑，指屋椽
- 櫋 (mián)：屋檐板
- 九嶷 (jiǔyí)：九嶷山上的神仙
- 褋 (dié)：贴身穿的衣服

◉

湘夫人是湘水之神湘君的夫人，二人被视为配偶神，也就是我们今天所说的“夫妻档”。这首《湘夫人》以湘君的口气讲述湘君等候湘夫人而对方久久不来的心情，所以在神话色彩中还有极强的抒情性。“袅袅兮秋风，洞庭波兮木叶下”描述了洞庭湖秋景，是古诗中写秋景的名句。

国殇

操吴戈兮被犀甲，车错毂兮短兵接。
旌蔽日兮敌若云，矢交坠兮士争先。
凌余阵兮躐余行，左骖殪兮右刃伤。
霾两轮兮絷四马，援玉枹兮击鸣鼓。
天时怼兮威灵怒，严杀尽兮弃原野。
出不入兮往不反，平原忽兮路超远。
带长剑兮挟秦弓，首身离兮心不惩。
诚既勇兮又以武，终刚强兮不可凌。
身既死兮神以灵，子魂魄兮为鬼雄。

◉

“国殇”是指为国而战死的将士。在楚国与秦国的战争中，楚国吃了败仗，作为楚国的臣子，屈原写下了这首诗来祭奠在战争中失去生命的楚国将士。诗中，诗人歌颂将士们为国捐躯的奉献精神，以此来安抚他们的亡魂。

- 毂（gǔ）：车轮中心的圆木
- 躐（liè）：用脚踩踏
- 殪（yì）：死
- 絷（zhí）：用绳索拴住马的脚
- 枹（fú）：同“桴”，鼓槌

汉乐府：中国古代叙事诗的成熟之作

◇◇◇◇◇◇◇◇◇◇◇◇◇◇◇◇◇◇◇◇◇◇◇◇◇◇◇

“乐府”最早出现在秦朝，是一种官署名。秦朝和西汉惠帝时期设有“乐府令”，正式成立于西汉武帝时期。“乐府”这一宫廷机构主要掌管宫廷朝会、贵族出行时所用的音乐，同时它还有采集民间歌谣等职能，它所采集、创作的乐歌也被统称为“乐府”，后来“乐府”引申成一种诗体的名称，“汉乐府”即为汉代的乐府诗，是继《诗经》《楚辞》之后的一种新诗体。

汉乐府诗都是“感于哀乐，缘事而发”的，是诗人有感于现实生活中的悲哀或快乐而发出的感慨，因此汉乐府诗多为叙事诗，它标志着中国古代叙事诗的成熟。乐府诗发展到唐代出现了新的变化，用新题写时事，不再以入乐作为标准，李白、杜甫都创作有乐府诗，到中唐时期白居易与元稹还发起了以讽喻时事为宗旨的新乐府诗潮。

◇◇◇◇◇◇◇◇◇◇◇◇◇◇◇◇◇◇◇◇◇◇◇◇◇◇◇

诗人故事

大家好，我是汉代乐府中的一名工作人员。当时有太乐和乐府两个与音乐有关的机构，太乐掌管在宗庙祭祀时用的传统雅乐，那些雅乐虽然中正平和，但它的歌词却十分陈旧，不能适应新时代的发展，于是便需要乐府。乐府负责的工作很多，比如采集整理地方民歌、创作歌词、编写乐谱等，下面就具体介绍乐府的职能。

乐府机构设有采诗官，采诗官经常被派到地方，跑遍各个村落去搜集民间歌谣，这些歌谣来自百姓的生活，因此能很好地反映出民间的真实状况，皇帝可以通过这些民歌来察看自己政治与教化的得与失，这就是所谓的“采诗观风”，这一活动在周朝就已经开始了。

“采诗观风”之后，这些采集过来的民歌可不是看一遍就扔掉了的，而是要“正俗”，也就是改良民间风俗。乐府里会有专门的工作人员对这些民歌进行加工改造，我们会筛选出其中优秀的民歌并给予保留，而另外一些有瑕疵的民歌，我们会调整它们的音乐风格，使欢乐、悲伤等情感有所节制，再删放其中不雅的歌词，改编歌词里陈旧的内容，并适当地补充一些总结性的内容，使得民歌的主题更加鲜明。进行这样一番加工改造之后，再把这些民歌重新传播到民间，以达到移风易俗、教化百姓的目的。

当然，乐府的工作也不局限于采诗改编，有时候也会请文人创作一些有关祭祀的歌词，像《郊祀歌》（西汉文学家司马相如等人创作）这类由文人创作的作品，则由我们乐府负责为它们配乐。

乐府机构的工作十分繁忙，但我们每个人都处在音乐的熏陶之中，所以这份工作做起来也十分快乐。

长歌行

青青园中葵，朝露待日晞。
阳春布德泽，万物生光辉。
常恐秋节至，焜黄华叶衰。
百川东到海，何时复西归？
少壮不努力，老大徒伤悲！

·焜黄（kūnhuáng）：颜色、光泽衰败

知识卡片 少壮不努力，老大徒伤悲

《长歌行》选自《乐府诗集·相和歌辞》，一共有三首，这是第一首。"长歌行"为乐府《平调曲》名，《平调曲》中除了《长歌行》之外还有《短歌行》，魏武帝曹操、唐代诗人李白都创作过《短歌行》，在这里"长歌""短歌"指的是歌声的长短。

《长歌行》一诗采用了托物起兴的表现手法，如同《诗经》的《关雎》中运用的比兴手法。在运用这种手法时，诗人并不直接表达诗歌的主旨，而是从"园中葵"写起，描绘了朝露易晞、花叶易萎等自然景象，再从中引出诗歌真正的主旨。其中"少壮不努力，老大徒伤悲"已成为鼓励少年珍惜时间、奋发图强的千古绝句。

江南

江南可采莲，
莲叶何田田。
鱼戏莲叶间。
鱼戏莲叶东，
鱼戏莲叶西，
鱼戏莲叶南，
鱼戏莲叶北。

知识卡片

江南又到采莲的季节了!

《江南》选自《乐府诗集·相和歌辞》，这是一首采莲曲，其中“田田”指的是莲叶茂密的样子。相和歌具有一唱一和的特点，在这首诗中，“鱼戏莲叶东，鱼戏莲叶西，鱼戏莲叶南，鱼戏莲叶北”是和声，当一人唱完前三句之后，由多人齐唱后四句来应和。后四句鱼戏的景象还运用互文的修辞手法，各诗句看似各说两事，实则是互相阐发、互相补足的，意在写出小鱼儿在整片水域中嬉戏游玩的场景，而这互文的手法便描绘出了一幅江南采莲的热闹景象。

拓展阅读

上邪

上邪！我欲与君相知，长命无绝衰。山无陵，江水为竭，冬雷震震，夏雨雪，天地合，乃敢与君绝！

◉

如果要举例说出古诗词中与爱情相关的佳作，这首《上邪》绝对榜上有名，在诗中，女子十分热情大胆地向所爱之人表白爱意，连用五件世界上不可能发生的事情作为誓言的前提，来表达自己的坚贞。值得注意的是，“夏雨雪”中的“雨”字在这里是一个动词，指的是下雪，这当然是一件不可能在夏天发生的事情，“乃敢与君绝”自然也无从谈起了。

白头吟

皑如山上雪，皎若云间月。
闻君有两意，故来相决绝。
今日斗酒会，明旦沟水头；
躞蹀御沟上，沟水东西流。
凄凄复凄凄，嫁娶不须啼；
愿得一心人，白头不相离。
竹竿何袅袅，鱼尾何簁簁。
男儿重意气，何用钱刀为！

· 躞蹀（xièdié）：小步走
· 簁簁（shāishāi）：形容鱼尾像沾湿的羽毛，这里比喻男女相爱的幸福

◉

在这首汉乐府民歌中，一名女性觉察到恋人变心了，便果断地提出分手，并对他说出了心中的所思所想，即这首诗的内容。诗中女子爽朗、理性的性格历来为人所推重，那句“愿得一心人，白头不相离”更成为后人对浪漫爱情的期许。有人说这首诗是西汉才女卓文君在丈夫司马相如对其他女孩子动心时写的，但这种说法已经被学者考证为误传啦。

项羽：我唱出了自己生命的绝响！

◇◇◇◇◇◇◇◇◇◇◇◇◇◇◇◇◇◇◇◇

项羽（前 232—前 202）

名籍，字羽，泗水下相（今江苏宿迁西南）人，是秦朝末年杰出的军事家。项羽在巨鹿（今河北平乡西南）之战中大败秦军，自立为西楚霸王，封刘邦为汉王。为争夺王朝的统治权，汉王刘邦出兵反叛，从而掀起了长达四年的楚汉战争，最后项羽于垓下之战中为刘邦击败，自刎于乌江（今安徽和县东北）。项羽是一个有双重文化意义的人物，他既是一个历史人物，又是一个经典的文学人物。许多才子都咏怀过他，如唐代诗人杜牧在《题乌江亭》一诗中表达了对项羽负气自刎的惋惜之情；宋代诗人李清照在《夏日绝句》歌颂项羽的悲壮之举说“至今思项羽，不肯过江东”。

◇◇◇◇◇◇◇◇◇◇◇◇◇◇◇◇◇◇◇◇

诗人故事

我叫项羽，是楚国人。前 221 年秦王嬴政统一六国，建立了秦王朝，但是太平盛世却并没有出现，百姓仍然生活在水深火热之中。当时陈胜、吴广起义，趁此之际，我跟随叔父项梁发动了吴中起义。可惜叔父由于轻视秦军，兵败被杀。由此，秦军渡过了黄河，打败赵国，围攻了赵国的都城巨鹿。我觉得这是个好机会，渡河与赵军内外夹攻，一定可以击败秦军！于是，我率领了两万士兵渡河与秦军大战了九次，终于摧毁了秦军的主力，也使我威震楚国。

巨鹿之战后不久，秦灭亡，我自立为西楚霸王，分封天下。但此时汉王刘邦野心勃勃，不满足于只做一个诸侯王。在此之前，我曾设下鸿门宴想杀了刘邦，但最终因心有不忍，让他趁机逃走了。我分封诸侯不久，刘邦便起兵攻打楚国。楚汉战争打了四年，最后因为我方粮草不足，无奈之下与刘邦议和，我们最终约定，以鸿沟为界，划分天下，鸿沟以西为汉界，以东为楚界，这便是后世常说的“楚河汉界”。然而议和后不久，刘邦单方面撕毁了盟约，将我军包围在了垓下（今安徽固镇东北），我军一路突围，最终仍旧不能脱身，跟随我多年的宝贝战马，也不能驰骋了。我们项氏世世代代都是楚国之将，我自诩继承了项氏一族的军事才华，可是现在却被围困在这里，我不甘心啊！那一夜，对面的汉军居然唱起了楚歌，歌声从四面传来，包围了我和我的军队，我很惊讶，难道刘邦已经得到楚地了？难道我大势已去，已不能再战胜汉军了？帐内只剩下随我出征的虞姬，我心中大悲，饮酒高歌，回顾我这一生的征程，到最后却落败至此，只能长叹一声：“虞兮虞兮奈若何？”一直伴我左右的虞姬和诗激励我：“汉兵已略地，四方楚歌声。大王意气尽，贱妾何聊生。”

乌江的亭长曾建议我去江东避难，我没有接受。回顾来时路，我曾渴望成为一代名将，意气风发地率领八千江东子弟渡江西行，如今却没有一人生还，我还有什么颜面面对江东父老！在这兵败的乌江岸边，我怀着骄傲与悲愤的心情回想着自己短暂的一生，最终却只能望向天际长叹。

垓下歌

力拔山兮气盖世。时不利兮骓不逝。
骓不逝兮可奈何！虞兮虞兮奈若何！

·骓（zhuī）：项羽的坐骑，乌骓马

知识卡片 一首悲愤的绝命词

《垓下歌》出自司马迁的《史记·项羽本纪》，是一首楚辞体诗歌。楚辞体诗歌突破了《诗经》四言体的句式，句中或句尾多使用楚地方言“兮”字，类似于现代汉语的“啊”，有时富有浪漫气息，在这首诗歌中，“虞兮虞兮”的“兮”表示感叹，也就是“虞姬啊虞姬啊”。《垓下歌》是项羽战败于垓下之后，在一片楚歌之中悲情难耐而吟唱的一首诗歌，这首诗涵盖了他一生的荣耀与悲叹，豪气万分，朱熹在《楚辞集注》中评价此诗：“慷慨激烈，有千载不平之余愤。”说这首诗所蕴含的那种慷慨激烈的感情在千年间都没有被削弱。

这段故事在后世衍生出了著名的戏曲剧目《霸王别姬》，当代作家李碧华于二十世纪八十年代创作了长篇小说《霸王别姬》，一曲《霸王别姬》贯穿全文，其后陈凯歌将其拍成电影，该片获第 46 届法国戛纳国际电影节金棕榈大奖，这也是首部获此殊荣的中国影片。“霸王别姬”也被用来形容英雄末路的悲壮情景。

刘邦：看我建立汉王朝后的豪情壮志

◇◇◇◇◇◇◇◇◇◇◇◇◇◇◇◇◇◇◇◇

汉高祖刘邦

（前256或前247—前195）

字季，沛县丰邑（今属江苏）人。在楚汉战争中战胜西楚霸王项羽，平定了天下，建立了汉王朝，定都长安，史称西汉。他在位期间，所采取的一系列政策，如清理异姓王以强化皇权的政治政策、休养生息的经济政策、孔庙祭孔的文化政策、与匈奴和亲的外交政策等，使大汉王朝日益兴盛，成为中国历史上延续时间最长的统一王朝。其诗歌作品有《大风歌》《鸿鹄歌》。

◇◇◇◇◇◇◇◇◇◇◇◇◇◇◇◇◇◇◇◇

诗人故事

我姓刘，名邦，是汉王朝的建立者，后人对我的评价褒贬不一，今天我就和你们聊聊我传奇的一生吧。

我从小就有大志向，有一次我看见秦始皇出巡，他乘坐的车子好不气派，身后跟着大队人马，真是威风凛凛！那时候我便想做一个像秦始皇一样的人。

我本来是沛县泗水的亭长，但有一次押送役徒的时候，出了差错，很多役徒逃走了，我干脆一不做，二不休，趁着酒意将其他的役徒都放走了，自己也打算逃命去。役徒中有十几个壮士愿意跟着我走，我们走过一片沼泽地，有壮士对我说前面有大蛇挡路，劝我回头。可我借着酒劲直冲了过去，斩杀了那条大蛇。后来我听人说，在我斩蛇的地方，有一个老妇人在哭泣，说那条蛇是白帝的儿子，他化身为蛇挡在路中央，却被赤帝的儿子斩杀了。我心中暗喜，这么说我就是那赤帝的儿子，是真龙天子！那时正逢陈胜、吴广起义，我便也响应起义，起兵抗秦。

当时起义的势力有很多支，其中最强的便是楚国的项梁与项羽的力量。但我依旧凭借着自己极高的军事天分打败秦军，率先进入了咸阳城。不过此时项羽的势力还十分强大，于是我决定先退回霸上。后来项羽自立为西楚霸王，分封了十八位诸侯王，封我为汉王，但项羽政治谋略不足，结果每位诸侯得到的土地都很少，让各诸侯王生起叛乱之心。我不满于做区区一个诸侯王，与项羽展开了长达五年的战争。前202年，我终于在垓下击败了项羽，赢得了胜利。

我在山东举行了登基大典，定国号为汉。我能取得胜利，成为一代君王，最重要的原因就是我能够知人善任。我的身边，有善于运筹帷幄的张良，善于安定百姓的萧何，善于征战沙场的韩信，我了解他们每一个人的才干，并能适时地任用，这是我成功的最大原因。陈胜、吴广起义的时候，喊的“王侯将相宁有种乎”的口号，给了我深刻的启发，我的一生，也是这句“王侯将相宁有种乎”的注脚！

大风歌

大风起兮云飞扬，
威加海内兮归故乡。
安得猛士兮守四方？

知识卡片 刘邦的豪情万丈

这首古歌记载在司马迁的《史记·高祖本纪》，是刘邦建立汉朝、平定天下之后，衣锦还乡时所吟唱的一首诗歌。这首诗饱含刘邦从举旗起义到夺得天下的豪情壮志。全诗共三句，每句皆带有楚地方言“兮”字，刘邦的故乡沛县曾属楚，在屈原的楚辞的影响下，其诗歌中也带着些许楚风。这首古歌被后人称为《大风歌》。

鸿鹄歌

鸿鹄高飞，一举千里。
羽翮已就，横绝四海。
横绝四海，当可奈何？
虽有矰缴，尚安所施？

◉

刘邦想废除太子刘盈，立戚夫人的儿子如意为新的太子。但是太子刘盈在张良的建议下，请来四位有才能的人辅佐自己，并且在宴会中故意让刘邦看到自己拥有如此贤能之人的辅佐。果然，刘邦看到后，知道太子此时已经羽翼丰满，动摇不了太子的地位了，便作了这首《鸿鹄歌》。

·翮（hé）：鸟的翅膀
·矰缴（zēngzhuó）：也作“缯缴”，指射猎飞鸟的工具

刘彻：来听我的悲秋之歌

◇◇◇◇◇◇◇◇◇◇◇◇◇◇◇◇◇◇◇◇

汉武帝刘彻（前156—前87）

西汉第七位皇帝，死后谥号孝武皇帝。他于前140—前87年在位，在位期间接受大臣董仲舒“罢黜百家，独尊儒术”的建议，大力推行儒家学说，将儒术作为其统治思想，北征匈奴，南辟闽越，东临朝鲜，西通西域，可谓文治武功，雄才大略！他不仅是一位杰出的政治家，同时在文学方面，也留下了许多佳作，除了最为著名的《秋风辞》之外，还有因思念爱妃而作的《李夫人赋》《落叶哀蝉曲》、《瓠子歌》等被明代才子徐祯卿誉为“壮丽鸿奇”。

◇◇◇◇◇◇◇◇◇◇◇◇◇◇◇◇◇◇◇◇

诗人故事

我叫刘彻，十五岁君临天下，二十一岁掌握大权，从此便开始施展我的雄才大略。

我的祖父（汉文帝刘恒）与父亲（汉景帝刘启）采取了休养生息的政策，让生产力从多年的战乱中逐渐恢复了过来，国家变得强盛，由此开创了一个太平盛世，我便是在此时即位的。但我不愿让我的王朝安于现状，想让它拥有更辽阔的疆域与更多的人民，于是我便开始筹划军事征战。我先平定了南方闽越国的动乱，然后开始对付匈奴。匈奴是当时北方的游牧民族，屡次进犯汉王朝的疆域，给王朝的政权带来了极大的不安定，我的祖辈都是以和亲与防御相结合的策略来抵抗匈奴的，但是我下定决心要征服匈奴，消除外患，于是派最得力的将军卫青、霍去病三次出击，千里追敌，整整十四年后，终于在漠北之战中将他们打退。除了军事的征战，我还十分注重外交。我曾两次派张骞出使西域，开辟出一条联通中国与欧洲的贸易之路，就是后世所说的“丝绸之路”。而在文化政策上，大儒董仲舒的“大一统”学说十分吸引我，因此我采用了他的建议，“罢黜百家，独尊儒术”，以后的王朝都沿袭了我所建立的以儒学为正统的文化政策。

这么一看，我的成就可真不小，但有时候静下心来，也会感叹时间的匆匆流逝，这时候我会作几首诗抒发出来，你们不妨读一读。

但我也做过错事，晚年的时候我身体多病，变得疑神疑鬼起来，怀疑是身边人用巫蛊之术诅咒我，宠臣江充又跟我说我的儿子刘据要起兵谋反，我信以为真，结果导致儿子与皇孙遇害。后来我追悔莫及，派人修建了一座宫殿，命名为“思子宫”，寄托我的悔恨与哀思；我还对自己年轻时所主张的扩张政策感到懊悔，因为在一次又一次的战争后，原本经济强盛、人民安康的国家开始出现种种问题，在深深的自责中，我颁布《轮台诏》检讨了自己的过错。

“少壮几时兮奈老何”，如今站在生命的尽头，我感到这一切都变得十分虚幻，连我的生命也开始变得虚幻了……

秋风辞

秋风起兮白云飞，
草木黄落兮雁南归。
兰有秀兮菊有芳，
怀佳人兮不能忘。
泛楼船兮济汾河，
横中流兮扬素波。
箫鼓鸣兮发棹歌，
欢乐极兮哀情多。
少壮几时兮奈老何！

知识卡片 《离骚》遗响

《秋风辞》是诗人的触景生情的悲秋之作。

“悲秋”是中国古典文学的重要主题，始于战国时期宋玉的《九辩》：“悲哉！秋之为气也。萧瑟兮草木摇落而变衰。”宋玉将自己的悲情寄托在秋景之中抒发出来，形成了一个情景交融的艺术境界。将悲情寄托在秋景中的表现手法深深地影响了后世的诗人。

据说，《秋风辞》是汉武帝刘彻晚年到河东汾阴祭祀土地神时，在秋风萧瑟、鸿雁南归的一片秋景中发出的人生短暂的深沉感慨。清代学者沈德潜曾称誉这首诗为“《离骚》遗响”，屈原的《离骚》是一首忧伤怨愤之歌，沈德潜认为，《秋风辞》一诗的深沉感慨正是继承了《离骚》的气韵风格，因此给予了“《离骚》遗响”的高度评价。

李延年：说到西汉音乐家，不能少了我

◇◇◇◇◇◇◇◇◇◇◇◇◇◇◇◇◇◇◇◇◇◇◇◇

李延年（？—前 87）

中山（治今河北定州）人，是西汉时期的宫廷乐官，善于唱歌、编曲，深受西域乐曲的影响，将西域的《摩诃兜勒》一曲改编成二十八段新声。新声的意思是新作的乐曲，新颖美妙的乐音。在古代，文人把乐曲的段落叫“解”，因此这个有二十八个段落的乐曲又称《新声二十八解》。

李延年还创造了与传统乐曲不同的新乐曲，名为“新变声”，史书上称他“每为新声变曲，闻者莫不感动”，显示了他的“新变声”的美妙动人。他的诗歌代表作为《李延年歌》，是比较早期的文人五言诗。

◇◇◇◇◇◇◇◇◇◇◇◇◇◇◇◇◇◇◇◇◇◇◇◇

诗人故事

我出生在音乐世家，父母和兄弟姐妹都是从事音乐歌舞的乐人。西汉时，乐人并不是一个为人所尊重的职业，我们的社会地位非常低。

我年轻的时候因为犯了法被处以宫刑，被派遣去看狗。后来皇上听说我擅长音律，便召见了我，为国家的祭祀谱写乐章。

我有一个妹妹，能歌善舞、美艳绝伦，很受汉武帝的喜爱，被封为李夫人。但是好景不长，妹妹为皇上生下一个儿子后便得了重病。她在弥留之际把儿子刘髆和我们这些兄弟们托付给了武帝，希望武帝能够善待我们，武帝念及往日的情分，封我的兄长李广利为海西侯；更由于我本人的音乐才能出众，任命我为协律都尉，负责乐府的管理。我搜集、整理了许多乐府诗，有时候还会写一些乐诗，宴会时让乐队来演唱。那一时期，李氏家族十分显贵。

妹妹刚刚去世的时候，皇上十分思念她，还作了《李夫人歌》《李夫人赋》寄托哀思。随着时间的流逝，皇上的这份思念渐渐地淡了下去，李氏家族也渐渐地失宠了。后来我的弟弟李季淫乱后宫，我的哥哥李广利投降了匈奴，李氏家族遭到了两次灭族，无一人幸免。

我这一生是大起大落的一生。我本是普通人，却能享受到皇亲国戚的待遇，成了尊贵的国舅，后来竟又遭到灭族的灾难，可见繁华荣耀都是大梦一场啊！

李延年歌

北方有佳人，绝世而独立。
一顾倾人城，再顾倾人国。
宁不知倾城与倾国？佳人难再得！

知识卡片 看李延年如何歌颂女子的美貌

《李延年歌》，又名《佳人歌》，是诗人在一次宫廷宴会上献舞时所吟唱的一首诗，《汉书·外戚传》记载，汉武帝刘彻听过后感叹道："世上怎么会有这样的佳人呢？"于是李延年便将自己能歌善舞的妹妹引荐给了汉武帝，她便成了后来著名的李夫人。这是一首唱诵佳人的诗，诗中没有直接对佳人的容貌进行细致地刻画，而是用"倾人城"与"倾人国"这样夸张的语句侧面衬托佳人的美丽动人，使得诗歌极具艺术魅力。后来，人们经常用"倾国倾城"来形容女子容貌绝美。

《李延年歌》是一首"新变声"的作品，也是比较早期的文人五言诗。五言诗的特点是每句五个字的句式固定不变，《李延年歌》这首诗只有"宁不知倾城与倾国"一句不是五言句式，然而，"宁不知"三个字是可以去掉的衬字，去掉这三个字，这首诗就完全是五言诗了。

班婕妤：我是古代著名的幽怨女诗人

◇◇◇◇◇◇◇◇◇◇◇◇◇◇◇◇◇◇◇◇◇◇◇◇◇

班婕妤（生卒年不详）

汉成帝之妃，名不详，是历史上著名的贤妃，三国时期著名的文学家曹植曾称誉她：“有德有言，实惟班婕。”她也是西汉时期著名的才女，在赵飞燕姐妹入宫而自己受到冷落后，便作诗赋来寄托悲伤，语言极为伤感，现存有《自悼赋》《捣素赋》等作品。

◇◇◇◇◇◇◇◇◇◇◇◇◇◇◇◇◇◇◇◇◇◇◇◇◇

诗人故事

大家都称我为班婕妤,但其实这不是我的名字。“婕妤”是宫中女官的名称，我入宫不久便受到了皇上的宠幸，受封为婕妤，从此大家便称我为班婕妤，而我自己的姓名，也渐渐地被人遗忘了。

最初皇上很宠爱我，想和我一同乘车出游，但我婉拒了。我看那些古代的图画，明君的身边都是贤臣随同，而夏朝、商朝、周朝三个朝代的末代君王身边却都是妃子陪同，如果我和皇上一同出游，就让他和这些昏君相似了。我用这些话劝诫皇上，皇上也觉得有道理，便终止了同车出游的想法。后来太后听说了我的这番劝告，将我与春秋时期楚国有名的贤妃樊姬相比，这使我很受鼓舞，决心要向樊姬学习，因此常常诵读《德象》《女师》等篇章，以勉励自己。

但是没多久，赵飞燕、赵合德两姐妹入宫了，她们舞艺高超、舞姿轻盈，得到了皇上极度的宠爱，我受到了冷落。而且赵氏姐妹十分蛮横，污蔑许皇后用巫蛊之术诅咒皇帝，皇上一怒之下便废了皇后之位。赵氏姐妹也诬陷我参与了巫蛊案，皇上责问我的时候，我有理有据地为自己辩白，皇上相信了我。但我害怕类似这样被污蔑的事以后还会出现，便向皇上请求前往太后寝宫去侍奉太后，以此来保住自己的性命。

性命虽然保住了，但想到从此以后青春年华都将在深宫里凋零，我不禁觉得人性险恶、人情淡薄，悲伤与愁思如潮水一般遮蔽了我的内心，百无聊赖之时，拿着笔涂涂写写，作了许多的诗文来抒发心中的哀怨，就这样，度过了孤独冷清的余生。

怨歌行

新裂齐纨素，皎洁如霜雪。
裁为合欢扇，团团似明月。
出入君怀袖，动摇微风发。
常恐秋节至，凉飙夺炎热。
弃捐箧笥中，恩情中道绝。

·箧笥（qièsì）：用竹子编成的箱子

知识卡片 中国诗歌史上第一首宫怨诗

《怨歌行》，又名《团扇歌》，传说是班婕妤所作的一首宫怨诗。宫怨，指的是古代帝王宫中妇女的愁苦哀怨。封建的婚姻制度下皇帝可以拥有三千后宫佳丽，但是得到皇帝宠幸的女性却十分少，这使得大多数宫廷女性只能孤独地生活在深宫之中，其中一些有才华的女子通过作诗写文来抒发这些愁苦哀怨。也有一些诗人注意到了深宫女子的悲伤，特意作诗来表达她们的生命悲剧，由此产生了宫怨文学。虽然《诗经》中就已经出现了少量表达宫怨情感的诗篇，但其真正形成是在汉代，西汉诗人司马相如的《长门赋》是宫怨体文学的先河之作，而《怨歌行》一诗则是中国诗歌史上第一首宫怨诗，南朝文学批评家钟嵘在《诗品》一书中评价道："《团扇》短章，辞旨清捷，怨深文绮，得匹妇之致。"说它清新流利、文辞华美，但其表露的情感却是极深的哀怨，和平民妇女的情感一样真率。

班固：我创立了咏史诗体

◇◇◇◇◇◇◇◇◇◇◇◇◇◇◇◇◇◇◇◇

班固（32—92）

字孟坚，扶风安陵（今陕西咸阳东北）人，东汉史学家、儒学家、文学家。班固在父亲班彪《史记后传》的基础上补充续写，撰成《汉书》，这是中国第一部纪传体断代史，即以为人物立传记的方式、以朝代为断限的史书。班固与司马相如、扬雄、张衡合称为“汉赋四大家”，他的《两都赋》确立了京都赋的题材，并影响了张衡的《二京赋》、左思的《三都赋》的创作。其他还著有《答宾戏》《幽通赋》等诗作。

◇◇◇◇◇◇◇◇◇◇◇◇◇◇◇◇◇◇◇◇

诗人故事

我叫班固，你们或许认识班婕妤，她是我父亲班彪的姑母，而我则要称她为姑祖母了。姑祖母是著名的才女，作为亲戚的我也不差。我在九岁的时候就能写文作诗了，还广泛地阅读了很多学派的书籍，为我以后的写作打下了重要的基础。

我的父亲班彪才华横溢，专注史学，司马迁的《史记》只写到汉武帝时期，而后来人的一些补缀都十分拙劣，于是父亲详细地整理了前朝的历史遗事，写下了数十篇的后传。我在父亲的影响下，也对史学充满了兴趣，父亲去世之后，我认真研读了他编修的《史记后传》，觉得它还有不完备的地方，于是在《史记后传》的基础上重新续写，没想到有人以“私修国史”的罪名告发了我，我被关进了监狱，书稿也被查收了。在汉代，国史只能由皇上任命的史官来撰写，“私修国史”是重罪，按律是要被斩首的，后来多亏了弟弟班超连夜赶到京都为我申冤，我才得以被皇上召见，表白自己的修史志愿。皇上读了我的书稿后，对我的才华十分赞赏，于是我得以逃过这一劫，并能够继续汉史的编修。

汉明帝与汉章帝都十分欣赏我的才华，我常常被召进宫中与他们读书交流、谈论政事。可是，我却因为潜心修撰汉史而得不到升迁的机会，心中十分苦闷，我写了《答宾戏》一文来自我勉励，坚定初心。皇上读到这篇文章之后，体会到了我不得志的心情，便升迁我为玄武司马，主管宫城玄武门，但这也不过是一个小官而已，我一直在等待名显于世的机会。

终于，机会来了。在我五十八岁那年，我得知朝廷决定出征攻打匈奴，于是我便投靠了当时领军的车骑将军窦宪。谁知后来他在平定匈奴后志得意满，竟然开始密谋叛乱，事情败露后，我也受到了牵连被捕入狱。

我伺机等候了许多年，渴望一举成名，却最终落了个锒铛入狱的下场，我想也许是我今生与功名无缘吧！我这一生留下了许多的文字，希望这些文字能在历史的长河里大放异彩，让我一生求之不得的盛名在历史里得以彰显。

咏史

三王德弥薄，惟后用肉刑。
太苍令有罪，就递长安城。
自恨身无子，困急独茕茕。
小女痛父言，死者不可生。
上书诣北阙，阙下歌鸡鸣。
忧心摧折裂，晨风扬激声。
圣汉孝文帝，恻然感至情。
百男何愦愦，不如一缇萦。

· 茕茕（qióngqióng）：孤独无依
· 愦愦（kuìkuì）：愚笨

知识卡片

第一首文人五言诗、第一首咏史诗

《咏史》是班固创作的一首五言诗，也是中国诗歌史上第一首五言诗。这首诗写的是“缇萦救父”这样一个历史故事，据《史记·扁鹊仓公列传》记载，西汉文帝时期，淳于意遭人诬陷而被押送到长安处刑，小女儿缇萦为了使父亲免受残酷的肉刑，跟随刑车来到了长安，向汉文帝上书，希望自己舍身做官府的奴婢来赎还父亲的罪过。汉文帝听闻后深受感动，便废除了肉刑。

班固的《咏史》还是中国文学史上第一篇以“咏史”为主题的诗作，咏史，即歌咏历史人物或历史事件，中国的咏史传统可以追溯到《诗经》与《楚辞》，但咏史诗体的确立仍应归功于班固。这首《咏史》，用了大量的篇幅叙述史事，只在最后两句抒发了诗人的感慨，没有修饰语词，写得十分质朴，因为这一特点，钟嵘在《诗品》一书中认为它“质木无文”。

刘桢：我是“建安七子”之一

◇◇◇◇◇◇◇◇◇◇◇◇◇◇◇◇◇◇◇◇

刘桢（？—217）

字公幹，东平宁阳（今山东宁阳北）人，是汉朝末年著名的文学家。他与三国时期著名文学家曹植齐名，后人合称为“曹刘”。魏文帝曹丕在《典论·论文》中将刘桢与孔融、陈琳、王粲、徐幹、阮瑀、应玚七位文学家并举，称为“建安七子”。刘桢以诗歌见长，所创作的五言诗在当时负有盛名，曹丕称誉他“五言诗之善者，妙绝时人”，钟嵘的《诗品》称他为“真骨凌霜，高风跨俗”。他最为著名的五言诗是《赠从弟》三首，我们现在能读到的他的诗都被收集在《刘公幹集》中。

◇◇◇◇◇◇◇◇◇◇◇◇◇◇◇◇◇◇◇◇

诗人故事

你看过小说《三国演义》吗？《三国演义》写的是东汉末年魏国、蜀国、吴国三个政治军事集团的征伐与混战，而我就生活在那个风云变幻的时代里。

三国时代魏国的曹操想必大家都耳熟能详吧！我小的时候很聪明，八九岁时就能吟诗诵文，因为才思敏捷而小有名气，曹丞相听说了我的事迹后，便请我去他那里做事，任司空军谋祭酒，主要参与谋划议论等工作。

后来我随着军队来到了谯郡，也就是今天的安徽亳州，在那里遇到了曹丞相的次子曹丕，曹丕封我为五官将文学，相当于今天的文学顾问，从此我便跟随侍奉曹丕了。那时他驻守邺城，大概是今天的河北省临漳县一带，我和王粲、徐幹、阮瑀、应玚等人群集在他身边，饮酒同游，写文作诗，好不快乐。曹丕将军将我视为亲故，还曾赠送我一条腰带，我也因此恃才傲物。

有一次酒宴上，大家诗酒唱酬、推杯换盏，气氛十分热烈，于是曹丕将军便请妻子甄氏来酒宴上行拜见礼，大家都匍匐于地，不敢正视甄氏，而我却并不避讳。曹丕将军虽然并不介意这件事，曹丞相听说了之后却特别生气，要治我不敬之罪，后来经多方求情，才免除死罪，被罚为苦役。这件事对我打击特别大，我把心中的不平与痛苦写在了《赠徐幹》这首诗中。

建安二十二年（217年）是残酷的一年，那年北方瘟疫肆虐，不少百姓都不幸染病身亡，我与徐幹、陈琳、应玚也都染上了这场瘟疫，而且总不见好转，怕是不能撑过这个春天了！

赠从弟（其二）

亭亭山上松，
瑟瑟谷中风。
风声一何盛，
松枝一何劲。
冰霜正惨凄，
终岁常端正。
岂不罹凝寒？
松柏有本性。

知识卡片

第一篇将松柏人格化的文学作品

《赠从弟》是刘桢创作的一组五言诗，标题中的“从弟”，即堂弟。这组五言诗共三首，皆为咏物诗，元人刘履曾在《选诗补注》一书中评价这组咏物诗，认为其中的第一首诗歌咏了蘋藻的美好风姿，第二首诗歌咏了松柏的坚毅品性，第三首诗则是歌咏凤凰高飞的凌云之志，这三首诗所传达的期望一首比一首殷切。这三首诗，既表达了对从弟的赞美，也是诗人的自我写照。

孔子曾说：“岁寒，然后知松柏之后凋也。”这里描述了松柏的一种自然属性，天气最冷的时候，其他植物大多凋零了，只有松柏依旧如故。《赠从弟》（其二）便是第一篇将松柏人格化入诗的文学作品。后世的文学家也开始歌咏松柏的这一自然属性，并把它与人的品性联系起来，将松柏人格化。

古诗十九首：汉代文人五言诗的最高成就

◇◇◇◇◇◇◇◇◇◇◇◇◇◇◇◇◇◇◇◇◇◇◇◇

南朝梁昭明太子萧统从汉代无名氏的“古诗”中，选录了十九首作为一个整体，编入《文选》卷二十九，题为《古诗十九首》。这十九首古诗以抒发游子、思妇复杂的思想情感为主要内容，用情景交融的修辞手法，升华了诗歌的艺术境界，可以说代表了汉代文人五言诗的最高成就。钟嵘在《诗品》中称誉其语言“惊心动魄，可谓几乎一字千金”，它对魏晋时期的诗人，如曹植、陶渊明等，都有深远的影响。

◇◇◇◇◇◇◇◇◇◇◇◇◇◇◇◇◇◇◇◇◇◇◇◇

编者故事

我叫萧统，是梁武帝萧衍的长子。

我酷爱读书，小时候读《易经》，曾读到：“观乎天文，以察时变。观乎人文，以化成天下。”可见“文”具有重要的时代意义。

我空闲的时候很多，因此常常沉迷于文章中，品读先贤的佳作，久而久之，便生出了编撰一本《文选》的想法。人文历史从周朝开始，已经过去了千余年，这千余年里出现了许多才子，但是他们的文学作品却散落在历史的各个地方，于是我便召集了身边一群有才之士，与他们一同将这些文学作品编选成册。

编纂的过程中，我遇到的最大的困难就是，有的诗篇没有办法确定作者，因此总是需要经过慎重地思考来决定编排顺序，就比如《古诗十九首》。魏晋时文坛上流传的一批以游子、思妇为主题的五言抒情诗，人们称之为“古诗”，意思是说它们是魏晋以前的古人所作的诗。这些“古诗”既没有题目也没有写明作者，我从中选了十九首最优秀的诗，并给它们拟了《古诗十九首》的总题目，这样题目的问题就解决了。但是确定作者却很困难，有人说这是西汉辞赋家枚乘所作，我认真分析了诗句里所描述的景象，像“驱马上东门”一句，又像“游戏宛与洛”一句，写的是东汉的洛阳城，这两句不像是枚乘所作，所以我也不敢确定十九首古诗都是他作的，于是我决定将它们编选在“杂诗”一栏。像这样需要不断考证的诗是很多的，但我却并不因此厌烦，反而在考证的过程中收获了很多快乐与新知。

迢迢牵牛星

迢迢牵牛星，
皎皎河汉女。
纤纤擢素手，
札札弄机杼。
终日不成章，
泣涕零如雨。
河汉清且浅，
相去复几许。
盈盈一水间，
脉脉不得语！

·擢（zhuó）：伸出

知识卡片 牛郎和织女如何成为中国古代有情人的代表？

牵牛、织女是两个星宿的名称，在文人诗意的描绘下逐渐成了一个关于牛郎织女的浪漫爱情故事。最初《诗经·小雅·大东》一诗中，有"跂彼织女，终日七襄"和"睆彼牵牛，不以服箱"的句子，这里仅将它们作为星宿来描述，而魏文帝曹丕的《燕歌行》中，有"牵牛织女遥相望，尔独何辜限河梁？"的诗句，这里已经将牵牛与织女拟人化了。陈思王曹植在《九咏》中又明确提到："牵牛为夫，织女为妇，织女牵牛之星，各处河鼓之旁，七月七日，乃得一会。"这几句显示，牛郎织女一年一会的爱情故事已大致定型。《迢迢牵牛星》一诗引用了这一神话故事来抒发思妇的万般愁绪。

行行重行行

行行重行行，与君生别离。
相去万余里，各在天一涯；
道路阻且长，会面安可知！
胡马依北风，越鸟巢南枝。
相去日已远，衣带日已缓。
浮云蔽白日，游子不顾反。
思君令人老，岁月忽已晚。
弃捐勿复道，努力加餐饭！

知 识 卡 片

太遥远的相爱，太深重的思念

《行行重行行》是《古诗十九首》中的第一首，抒写的是与情人别离之后，女子深切的思念之情。

“行行重行行”意思是说游子渐行渐远，妻子送了一程又一程，四个“行”字的运用使得诗歌极具音律之美。如果对《诗经》《楚辞》比较熟悉的话，你可能会发现这首诗中好多诗句都与《诗经》《楚辞》中的诗句相像，比如“与君生别离”一句就与《楚辞·九歌·少司命》中“悲莫悲兮生别离”一句类似，又比如“道路阻且长”一句也很有可能受到《诗经·秦风·蒹葭》中“溯洄从之，道阻且长”的影响。同时，《行行重行行》中的诗句也影响了后人诗歌的创作，像宋代词人柳永《蝶恋花》中的“衣带渐宽终不悔，为伊消得人憔悴”就与“相去日已远，衣带日已缓”有异曲同工之妙。元人陈绎在《诗谱》一书中曾称颂此诗：“情真、景真、事真、意真。”

生年不满百

生年不满百，常怀千岁忧。
昼短苦夜长，何不秉烛游！
为乐当及时，何能待来兹？
愚者爱惜费，但为后世嗤。
仙人王子乔，难可与等期。

·嗤（chī）：讥讽嘲笑

知 识 卡 片 请珍惜短暂的人生美好时光

《生年不满百》这首诗表面是劝告人们及时行乐的，人生短短不满百年，何必为身后诸事忧愁？“昼短苦夜长，何不秉烛游？为乐当及时，何能待来兹”四句便鲜明地点出了诗歌的主题。最后两句“仙人王子乔，难可与等期”，用了神话人物仙人王子乔的典故。相传王子乔是东周灵王的太子，据《列仙传》记载，王子乔在游历途中遇见了仙人浮丘生，浮丘生带他在嵩山修炼。三十年之后，他乘仙鹤登仙而去。这就是“王子乔登仙”的传说。最后两句呼应了第一句“生年不满百”，意思是像仙人王子乔那样长生不老，一般人怎么可能做到啊！

拓展阅读

西北有高楼

西北有高楼，上与浮云齐。
交疏结绮窗，阿阁三重阶。
上有弦歌声，音响一何悲！
谁能为此曲？无乃杞梁妻。
清商随风发，中曲正徘徊。
一弹再三叹，慷慨有余哀。
不惜歌者苦，但伤知音稀。
愿为双鸿鹄，奋翅起高飞。

◉

你是不是也有自己最好的朋友？但是在这首诗中，主人公却感叹着知音难觅——“不惜歌者苦，但伤知音稀”，没有足够懂他的朋友，只能将孤独的心境寄托在文字中。或许，当你渐渐长大之后，也要开始面对“孤独”这种心境，读过这首诗之后，你觉得什么是孤独呢？

青青河畔草

青青河畔草，郁郁园中柳。
盈盈楼上女，皎皎当窗牖。
娥娥红粉妆，纤纤出素手。
昔为倡家女，今为荡子妇。
荡子行不归，空床难独守。

◉

这首诗为我们呈现的是独守家中的思妇的寂寞心情。你有没有发现，前六句十分朗朗上口？因为它们全部用叠字形容词来开头，韵律感极强。第二句中的“郁郁园中柳”，写了古典诗词中的一个重要意象——柳树，因为“柳”字的读音与“留”读音相似，妇人看到柳树，对远方人的思念便进一步加深了。在唐代大诗人王昌龄的《闺怨》中，“忽见陌头杨柳色，悔教夫婿觅封侯”，就是用了与《青青河畔草》十分相似的用法。

·牖（yǒu）：窗户

曹操：我被称为“改造文章的祖师”

◇◇◇◇◇◇◇◇◇◇◇◇◇◇◇◇◇◇◇◇◇◇◇◇◇

曹操（155—220）

字孟德，沛国谯县（今安徽亳州）人。他是三国时期有名的军事家、政治家和诗人，死后被追封为魏武帝。西晋历史学家陈寿在著名的《三国志》中称赞他为“非常之人，超世之杰”。曹操的诗文打破传统，大胆创新，鲁迅甚至将他视作“改造文章的祖师”。他会用乐府挽歌来描写时事，旧瓶装新酒。他的文字清峻而富有力量，其中一部分诗忠实反映了东汉末年军阀混战、民生凋敝的社会状况。因此，他的诗和唐代诗人杜甫的诗都被称作“诗史”。

◇◇◇◇◇◇◇◇◇◇◇◇◇◇◇◇◇◇◇◇◇◇◇◇◇

诗人故事

什么是英雄？这是个很难回答的问题。我曹操的一生，一直都在尝试解答这个问题。所幸英雄不问出处。我父亲的养父是一名宦官，一些名门贵族因此嘲笑我是太监的低贱后代。屈辱像影子一样跟着我，我愤怒不甘，满腔热血化作凌云壮志：我要做一番大事业，给那些看不起我的人瞧瞧！

乱世出英雄，我所在的时代正是建功立业的好时候。东汉末年，动荡不安，地方豪强势力崛起。战乱过后，我将软弱无能的小皇帝汉献帝带在身边，保护他的安全。而他也把权力交给我，在我五十三岁那年封我做丞相。有人说我“挟天子以令诸侯”，把皇帝当作人质，借此威胁敌人。也有人说我个性残暴，杀人如麻。这些指责有些是诬陷，有些是误解。我相信凡是做大事者必定会有所牺牲，不用在这样的小事上反复纠结。

英雄见证时代，也创造时代。数十年的兵荒马乱造就了我，也让我反思老百姓因此失去了什么。我热爱诗歌，于是我用诗歌记录下我的思考。《薤露行》是一首通常在葬礼时演奏的挽歌，这首表达死亡的曲子契合平民的生活，因为他们的痛苦正是来自战乱背后的死亡。所以我为《薤露行》填上新的歌词，唱出了当时董卓挟持天子、焚烧洛阳、百姓悲伤大哭这些真实发生的事情。我想开辟一种新的诗歌风格，这种风格质朴、豪迈、不矫揉造作，最适合用来记录历史的足迹。

英雄也有遗憾。我努力打败了北方的大多数豪强，但却在208年的赤壁之战中输给了刘备和孙权的联军。我没有轻言放弃，继续广招贤才，努力壮大军队，扩大领土。

人这一辈子一开始就像一张白纸，做过的每一件大事小事，都是一笔颜料。我曾想在这张纸上画一位顶天立地、豪气万丈的英雄。但在搁笔之后，许多看画的人说自己看见的是一位老谋深算、心狠手辣的枭雄。现在，你也站在我的画作面前了。告诉我，我是英雄还是枭雄呢？

短歌行

对酒当歌，人生几何？譬如朝露，去日苦多。
慨当以慷，忧思难忘。何以解忧？惟有杜康。
青青子衿，悠悠我心。但为君故，沉吟至今。
呦呦鹿鸣，食野之苹。我有嘉宾，鼓瑟吹笙。
明明如月，何时可掇？忧从中来，不可断绝。
越陌度阡，枉用相存。契阔谈讌，心念旧恩。
月明星稀，乌鹊南飞。绕树三匝，何枝可依？
山不厌高，海不厌深。周公吐哺，天下归心。

知识卡片　《诗经》粉丝的人才招聘现场

看过《三国演义》的你一定会觉得，曹操是个满脸横肉的凶狠大汉。可正是这样一位武夫般的人物，写出了许多脍炙人口的诗歌，更帮助一大批文人登上历史舞台。

曹操爱读书，你能从《短歌行》中发现这一点。从《子衿》的"青青子衿"到《鹿鸣》的"呦呦鹿鸣"，此诗处处洋溢着一名《诗经》粉丝对典故的热爱。曹操并非照抄喜欢的《诗经》句子，而是把它们当作一个个音符，按自己的意愿排列组合，最终演奏出独特的乐章。在诗中，你能发现一位年长者感叹人生的短暂与无常。他享受美酒与乐曲，潇洒度日，并希望能在这转瞬即逝的生命中多做些有意义的事儿。所以他像周天子那样举办宴会，招纳人才，祈盼成就一番事业。

曹操这份礼贤下士的诚恳，让许多有才能的人聚拢在他身边。这不仅帮助他完成了北方的统一，更缔造出一个"建安文人集团"。"建安"是汉献帝的年号，这个时期曹操掌握大权，徐幹、王粲、陈琳等文人慕名来到邺城。这些有识之士济济一堂，堪称文学史上的奇观。

观沧海

东临碣石，以观沧海。
水何澹澹，山岛竦峙。
树木丛生，百草丰茂。
秋风萧瑟，洪波涌起。
日月之行，若出其中；
星汉灿烂，若出其里。
幸甚至哉，歌以咏志。

·澹（dàn）：波浪起伏

知 识 卡 片

我国现存最早的完整山水诗

旅游时，我们每到一处地方，都会想要拍张照片留作纪念。在古代，可没有手机或者照相机，诗人们便用诗歌记录下那些曾让自己深有感触的大好河山。《步出夏门行》就是这样一组记录山水的诗歌，它像本相簿，保存了曹操在北方打仗时看到的景色。那次战争使他统一了北方，因此他看到的景色也就显得格外动人。

《观沧海》是这组诗当中的第二首，讲的是渤海湾地区的壮美景观。想象一下：这幅由石块、巨浪、森林、水草构成的野外图景里，海洋一望无际，似乎能容下天空中所有的日月星辰，景象是如此阔大。如此震撼人心的场面使曹操倍感振奋。他用诗歌抒发了自己的壮志。而他的壮志是什么？在《步出夏门行》最后一部分《龟虽寿》中，他说出了答案："老骥伏枥，志在千里"——年老的千里马，即使身在马厩，也要志在远方，驰骋千里。

拓展阅读

龟虽寿

神龟虽寿，犹有竟时。
腾蛇乘雾，终为土灰。
老骥伏枥，志在千里；
烈士暮年，壮心不已。
盈缩之期，不但在天；
养怡之福，可得永年。
幸甚至哉，歌以咏志。

◉

写下这首诗时，曹操已经不再年轻，表现出一种老当益壮的豪情。这首诗还为我们留下了"老骥伏枥"这个成语，比喻有志之士年虽老却仍旧拥有雄心壮志。宋代诗人陆游在他的《闻虏乱有感》中写"羞为老骥伏枥悲，宁作枯鱼过河泣"，就是化用这个词来表达自己的志向。

• 螣蛇（téngshé）：传说中能飞的蛇

却东西门行

鸿雁出塞北，乃在无人乡。
举翅万里余，行止自成行。
冬节食南稻，春日复北翔。
田中有转蓬，随风远飘扬。
长与故根绝，万岁不相当。
奈何此征夫，安得去四方？
戎马不解鞍，铠甲不离傍。
冉冉老将至，何时返故乡？
神龙藏深泉，猛兽步高冈。
狐死归首丘，故乡安可忘。

◉

在这首诗中，我们能读到各种各样的事物：鸿雁、转蓬（随风飘飞的蓬草）、戎马（战马）等等。诗人描绘了这些事物，但最终情感的表达，却落在征夫的身上：他常年在外征战，不知何时能返回故乡。诗人用这些事物所具有的特点，比如在风中飘飞的蓬草所具有的漂泊感，来表达乡愁。大家如果细心观察，会在古诗中经常发现这种比兴的手法呢！

曹丕：我开辟了七言诗的新天地

◇◇◇◇◇◇◇◇◇◇◇◇◇◇◇◇◇◇◇◇

曹丕（187—226）

字子桓，沛国谯县（今安徽亳州）人。曹操次子，继承曹操魏王封号，后取代汉帝继位，改国号为“魏”，史称魏文帝。曹丕是位热爱文学的帝王，年轻时便成为建安文人的领军人物。曾高度评价曹操的陈寿，也在《三国志》中赞美曹丕天资聪明，文采和学识都很不错。曹丕的诗文吸取了民歌的精华，用词细腻而又通俗易懂。同时，他也是一位优秀的文学评论家，著有中国文学批评史上的重要著作《典论·论文》。

◇◇◇◇◇◇◇◇◇◇◇◇◇◇◇◇◇◇◇◇

诗人故事

我是曹操的儿子，父亲的名字如雷贯耳，兄弟们也个个出类拔萃。身处在他们的光芒之下，我需要变得更耀眼才能脱颖而出。最初，大哥曹昂是父亲的继承者。但大哥不幸战死，我便成了父亲最年长的儿子。长子继承王位是传统，不过父亲也有意让自己喜欢的孩子担当重任。他一度想让弟弟冲儿继承家业，可冲儿十三岁就因病早夭了。我安慰父亲，他却说我早盼着冲儿死掉，好夺过家业。这让我心如刀绞，周围的人也拿我和父亲兄弟做比较，想要掂量这位“准继承人”究竟几斤几两。我能做的，就是证明给他们看：我绝不会输给其他人！

我喜好文学，所以我也要在文学上开辟新天地。我不光写四言诗、五言诗，还敢于涉猎当时少见的七言诗，做“第一个吃螃蟹的人”。自己创作还不够，我还要带动其他人。在邺下，我不时召集些读书人一同饮酒、写作。在这方面父亲倒是很支持我，有时还会参与其中。渐渐地，我们就形成了一个有名的文学团体，被称作“邺下文人”。

我还努力提高文学的地位。之前，汉代文人最注重的其实是“经学”，它是一门解释和研究儒家经典的学问，相比之下，人们觉得吟诗作赋有些小儿科。长久以来，文学只是经学的“小跟班”，被经学的光芒掩盖。我为文学的遭遇打抱不平，因为它使我想起了自己的经历。我也曾活在别人的阴影下，反复怀疑自己。在我的学术著作《典论·论文》这一篇里，我突破了此前人们轻视文学的观点，将文学创作看得跟国家大事一样重要。人的生命终会走到尽头，荣誉和欢乐也是有限的，而文学却能够超越时代，在书本上和读者中代代流传。

220年，父亲去世，他的魏王头衔由我继承。我没有止步于此，而是逼迫无能的汉献帝退位，坐到了皇帝的宝座上。现在，我已经走到了比父亲还要高的位置，兄弟们的生死荣辱，也尽掌握在我的手心。我彻底摆脱他们的阴影了吗？我无法给你一个确切的答案。不过，我找到了自己真正热爱的事业。我想，这大概要比永无止休的攀比，更弥足珍贵。

燕歌行（其一）

秋风萧瑟天气凉，
草木摇落露为霜。
群燕辞归雁南翔，
念君客游思断肠。
慊慊思归恋故乡，
君何淹留寄他方？
贱妾茕茕守空房，
忧来思君不敢忘，
不觉泪下沾衣裳。
援琴鸣弦发清商，
短歌微吟不能长。
明月皎皎照我床，
星汉西流夜未央。
牵牛织女遥相望，
尔独何辜限河梁？

·慊慊（qiǎnqiǎn）：不满足，遗憾

知识卡片

中国现存最早的完整七言诗

你有没有发现，有些古诗比较“瘦弱”，一句话只有四个字；而有些诗则要“壮实”得多，一句七字，快抵得上两句四言诗了。依照每句字数的不同，我们将诗歌分成四言、五言和七言等。先秦两汉时期，四言、五言相对常见，例如我们熟悉的《诗经》和乐府诗。七言诗则普遍出现在民歌中，多数文人认为它俗气，甚少尝试。

面对人们对七言诗的偏见，曹丕毫不畏惧，写出了这首堪称精品的七言诗《燕歌行》。这是中国现存最早的完整七言诗，用极为细致的笔触描写了一位思念远方丈夫的女子。秋风萧瑟，女子独守空房，在月光底下弹唱，不自觉地流下了眼泪。更绝的是，整首诗共十五句，句句都押同一个韵。押韵指的是诗句的最后一个字韵母相同或相近。你看每句末尾的“凉”“霜”“翔”“肠”等十五个字，都用了“ang”作韵母，读起来是不是朗朗上口？

善哉行（其一）

上山采薇，薄暮苦饥。
谿谷多风，霜露沾衣。
野雉群雊，猿猴相追。
还望故乡，郁何垒垒！
高山有崖，林木有枝。
忧来无方，人莫之知。
人生如寄，多忧何为？
今我不乐，岁月如驰。
汤汤川流，中有行舟。
随波转薄，有似客游。
策我良马，被我轻裘。
载驰载驱，聊以忘忧。

·雊（gòu）：野鸡的叫声

知 识 卡 片

做名侦探，调查诗歌的“案发现场”

我们常用“清”和“浊”形容水的状况，而曹丕认为诗歌也有清浊之分。清澈的诗歌就像清澈的水，毫不繁复拖沓。曹丕本人便是“清”的践行者，这让他的诗歌简朴清新，却也增加了读者的鉴赏难度——因为里头少了情感的直接抒发，多了含有深意的比喻。

别怕，让我们当一回侦探，睁大眼睛，找找曹丕名作《善哉行》里的蛛丝马迹。第一句“上山采薇”为我们确定诗歌主题提供了灵感。还记得《诗经》中的《采薇》吗，《善哉行》和那首诗一样，是在借采摘薇草来表达远行士兵的思乡之情。后面的一句“还望故乡”也验证了这一推测。《善哉行》将忧思之情隐藏得很好，除“忧来无方”“多忧何为”“今我不乐”和“聊以忘忧”几句之外，其余都未挑明自己的情绪。但是，借由旅途饥饿，风餐露宿，野鸡猿猴，以及山野草丛等，曹丕布置出一个“案发现场”。在这个现场里，每个简单的事物都是动机，层层叠加在一起，最终导致了主人公的痛苦。而更糟糕的是，“今我不乐，岁月如驰”——岁月可不会顾及“我”的不快乐，在“我”悲伤时它依然向前飞驰。看完这个“案发现场”，作为侦探的你以后可得要处处留心，才能从错综复杂的意象里找到“真凶”。

曹植：我与白马的不解之缘

◇◇◇◇◇◇◇◇◇◇◇◇◇◇◇◇◇◇◇◇

曹植（192—232）

字子建，沛国谯县（今安徽亳州）人。他是曹操的儿子，曹丕的弟弟，年少成名，是三国时期有名的诗人。虽然同属“建安诗人”，他给读者的感觉与父兄截然不同。曹植尤其钟爱五言诗，并将这一诗歌类型发挥到极致。钟嵘对曹植评价甚高，认为他“粲溢今古，卓尔不群”，就像龙鳞凤羽一样稀罕。而在风格上，曹植继承了《风》《骚》的文学精神，发扬了汉代《古诗十九首》的悠远情怀，注重提炼词句，语言文采繁丽。同时，曹植的辞赋也很著名。其《洛神赋》描写洛水女神的哀婉爱情，堪称经典。

◇◇◇◇◇◇◇◇◇◇◇◇◇◇◇◇◇◇◇◇

诗人故事

我的人生被分成了截然不同的两段，两首与“白马”有关的诗诠释了这两段人生。年轻的时候，我是众人捧在手心的“神童”曹植，是父亲的骄傲，他常说我是“儿中最可定大事者”，对我特别偏爱。

我时常向往侠客潇洒不羁的生活。我的第一首与“白马”有关的诗《白马篇》，写的便是我少年时豪情万丈的梦想。在诗中，我幻想自己是一名闯荡江湖的游侠，身骑白马，惩恶扬善。我和家人告别，到遥远的边疆，抵御敌人的骚扰。年轻的我像一匹白色的高头大马，昂首挺胸，无所畏惧。但不幸的是，很快我的人生进入了灰色而黯淡的下半场。

父亲去世后，哥哥曹丕掌握了魏国的大权。我和他也曾有过兄弟之间的温情，但渐渐地，亲密无间被怀疑猜忌所取代，他总是担心手足会觊觎他的皇位。你们是否听过这样一个故事：哥哥曹丕命令我在走七步的时间内作出一首诗，否则就要杀死我。我心如刀绞，想起他和我就像生长在一起的豆秆和豆粒。曾经如此亲近的我们，现在一个熊熊燃烧，要把另一个活活煮熟在锅里。我们可是同根同源的啊，怎会这样自相残杀？于是，我把我的想法吟诵出来，作出了这首《七步诗》。听到我说“本是同根生，相煎何太急”时，哥哥似乎有所触动。但是，在接下来的日子里，哥哥受小人挑拨，并没有放弃对其他兄弟的迫害。在我三十一岁那年，我和两个兄弟曹彰和曹彪一起到京师去，结果曹彰在京师不明不白地死去，而我和曹彪也遭到官员阻拦，被迫分离。悲愤之中，我写下了《赠白马王彪》。这一次，矫健的白马消失了，取而代之的是“白马王”曹彪。白马王和我一样，经历了亲人的生离死别。而比离别和死亡更让人难以接受的，是亲人的背叛。

两段人生，天壤之别，所幸我始终有诗歌为伴。一首“白马”载着我奔向侠客人间，另一首“白马”则陪我尝尽世间的苦辣辛酸。诗人就是这样，总爱把自己的生活揉碎了搅拌在诗歌里。而当你阅读到这两首“白马”时，希望你也能品出我的别样人生。

七哀

明月照高楼，流光正徘徊。
上有愁思妇，悲叹有余哀。
借问叹者谁，言是宕子妻。
君行逾十年，孤妾常独栖。
君若清路尘，妾若浊水泥。
浮沉各异势，会合何时谐？
愿为西南风，长逝入君怀。
君怀良不开，贱妾当何依？

· 宕子（dàngzǐ）：荡子，离乡后久而不归的人

知识卡片

他也像屈原，在诗中化身忧郁女子

还记得屈原曾在《离骚》中将自己比作被楚王抛弃的女子吗？在《七哀》中，你能看到这种"将君臣比作男女"的文学传统是如何被传承发展的。

这一次化身忧郁女子的是曹植，"上有愁思妇"里的"思妇"，和"孤妾常独栖"里的"孤妾"都是诗人自比。而那位抛弃妻子的"负心汉"则是曹植的哥哥、当时的皇帝曹丕，他不仅在政治上打压曹植，甚至想置曹植于死地。兄弟俩就像路上的清尘和水里的浊泥，虽然都是源自一处的泥土，但悬殊的地位和利益的争夺却让两人最终形同陌路。

需要特别提出的是，开头的两句像最璀璨的宝石闪耀，许多人为此倾倒。就像《诗经》里用柳枝代表依依惜别，《七哀》则让明月说出了相思之情。我们至今仍能看到许多用月亮寄托思念的诗句，例如李白《静夜思》里的"举头望明月，低头思故乡"。而张若虚更是在《春江花月夜》里直接化用《七哀》，写出了"可怜楼上月徘徊"的佳句。

拓展阅读

七步诗

煮豆持作羹，漉豉以为汁。
萁向釜下然，豆在釜中泣。
本是同根生，相煎何太急。

◉

曹丕命令曹植在七步内作出一首诗，否则就杀掉他，在危急时分，曹植作了这首诗，痛诉哥哥骨肉相残。不过，这个故事和这首诗是收录在《世说新语》这部小说中的，学者们认为小说作为虚构性的内容，可能并不可靠，但这不妨碍我们欣赏这首小诗。

· 漉（lù）：使变干
· 豉（chǐ）：豆豉

野田黄雀行

高树多悲风，海水扬其波。
利剑不在掌，结交何须多！
不见篱间雀，见鹞自投罗。
罗家得雀喜，少年见雀悲。
拔剑捎罗网，黄雀得飞飞。
飞飞摩苍天，来下谢少年。

◉

一个少年救了一只被网困住的黄雀，得救后的黄雀飞了起来，一会儿又飞下来感谢少年，诗中的故事温暖感人，但曹植写这首诗的缘由却正相反。建安二十五年（220 年），曹丕成为魏王，不久就下令逮捕杀害了曹植的好朋友丁仪等。曹植想拯救朋友却又无能为力，写下了这首诗。

· 鹞（yào）：一种非常凶狠的鸟类

阮籍：为逃避现实，我戴上不羁的面具

◇◇◇◇◇◇◇◇◇◇◇◇◇◇◇◇◇◇◇◇

阮籍（210—263）

字嗣宗，陈留尉氏（今属河南）人。在唐人所著的《晋书·阮籍传》中，阮籍被形容成一位桀骜不驯却又不轻易表现喜怒的多面文人。作为三国时期魏国的著名文学家，他的文字受屈原的影响较大，常表现人生苦短，沉郁而富有哲理。而在哲学上，他崇尚老庄之学，提倡自然之道。因追求自然、潇洒不凡，阮籍与嵇康、山涛、向秀、阮咸、王戎、刘伶等七位魏晋时期的名士被合称为“竹林七贤”。相传他们私交甚好，又有共同点，所以后来人们常把他们归在一起讲。

◇◇◇◇◇◇◇◇◇◇◇◇◇◇◇◇◇◇◇◇

诗人故事

你有没有戴过中元节的鬼怪面具？看似张牙舞爪，让人敬而远之；实则密不透风，让人喘不过气。在生活中，人们常常也会像戴面具一样伪装自己。而我这面具，戴了大半辈子。这一切都要从我和曹家、司马家的恩怨说起。我们家族和曹家渊源颇深。我父亲阮瑀曾经是魏武帝曹操的左膀右臂，更是因为文采很好，和其他六位生活在建安时期的文学家一起，被魏文帝曹丕赞誉为“建安七子”。曹家的赏识，令我很感动，却也将我推入两难境地。在我四十九岁那年，朝中大臣司马懿将国政大权揽在手里。大魏名义上还是曹家的天下，实际上已经改姓司马了。司马家不断拉拢我，但我想起曹家昔日的恩情，备受煎熬。

这不，司马懿的儿子司马昭又上门来了，想要替他的儿子司马炎求娶我的爱女。我怎肯答应这门亲事，但司马一族的势力我也惹不起呀！思来想去，我决定好好演一出戏。接下来的两个月，我天天痛饮美酒，直至酩酊大醉。每次媒人到我家，见到的都是不省人事的我，司马家也没辙，只好作罢。我酒醉六十日的事迹传遍了大街小巷，人人都说我不愧是个离经叛道的人。我不拘于礼教，一方面是我真的不喜欢条条框框的束缚；另一方面，也是因为逃脱不了政治斗争的旋涡。司马家步步紧逼，我只能装疯卖傻，戴上面具，隐藏内心的真实想法。我小心翼翼，谨言慎行。哪怕是写诗，我都不敢酣畅淋漓地吐露心声。

有时候，面具压得我快要窒息。我便会独自驾着牛车，随便挑一条路，走到尽头，大哭一场，然后掉头回家。别人只觉得这又是我形迹疯迷的表现。唯有我知道，在此时，我才能暂时逃离别人的眼光，摘下面具，短暂地做一会儿自己。

咏怀（其一）

夜中不能寐，起坐弹鸣琴。
薄帷鉴明月，清风吹我襟。
孤鸿号外野，翔鸟鸣北林。
徘徊将何见？忧思独伤心。

知识卡片 八十二分之一的心情

已经读过不少诗的你应该知道，同一名诗人可能会写下许多相同题目的不同诗歌。为了区分这些诗，人们常在题目后按顺序加上"其一""其二"。例如你现在读到的这首，就是《咏怀》（其一）。

你能想象吗，阮籍总共有八十二首《咏怀》！这些《咏怀》有点像咱们发的微博和朋友圈，记录下诗人不同人生阶段的不同心情。不过，以前的诗歌可不能屏蔽读者。司马家族虎视眈眈，阮籍的某些真实感受自然不能直接表露出来。所以他使用了大量的隐喻，将想要表达的感情和主题深深埋藏。

最后一联"徘徊将何见？忧思独伤心"很是巧妙。前面刚讲完"孤鸿"和"翔鸟"，普通人很容易就会联想到，这是不是鸟儿们在悲伤地盘旋？但如果是真正懂阮籍的知心朋友，一定会明白，徘徊着伤心的既是鸟儿，也是触景生情的诗人。

拓展阅读

咏怀（其二）

二妃游江滨，逍遥顺风翔。
交甫怀环佩，婉娈有芬芳。
猗靡情欢爱，千载不相忘。
倾城迷下蔡，容好结中肠。
感激生忧思，萱草树兰房。
膏沐为谁施，其雨怨朝阳。
如何金石交，一旦更离伤！

◉

这首咏怀诗中，阮籍前四句引用了一个神话故事：郑交甫在江汉之滨遇到江妃二女，但他不知道她们是神仙，便请求她们把玉佩赠给他。郑交甫得到玉佩后放在怀中，可是往前走了十几步之后玉佩竟然不见了，回头再看，那两位女子也消失了！引用神话的用意是什么呢？你可以读一读诗人在最后发出的感叹——“如何金石交，一旦更离伤”，“金石交”表示的是人与人之间像金石一样坚固的感情。这句话的意思是，像金石一般坚固的感情怎么在旦夕之间就离断了呢，真是令人悲伤！

·娈（luán）：容貌美丽

咏怀（其三十一）

驾言发魏都，南向望吹台。
箫管有遗音，梁王安在哉？
战士食糟糠，贤者处蒿莱。
歌舞曲未终，秦兵已复来。
夹林非吾有，朱宫生尘埃。
军败华阳下，身竟为土灰。

◉

魏明帝昏庸奢靡，导致政治腐败，阮籍写下这首诗，以战国时耽于享乐的魏王婴的遭遇来借古喻今，诗中的“梁王”便是指魏王婴，而“吹台”是他玩乐的场所。梁王身为一国之君，对待作战的战士苛刻，也不任用贤明的人，种种不作为导致公元前273年魏国被秦国打败，诗中的“军败华阳下”说的便是这件事。

嵇康：正始之音，由我演奏

◇◇◇◇◇◇◇◇◇◇◇◇◇◇◇◇◇◇◇◇◇◇◇◇◇

嵇康

（223—262，或 224—263）

字叔夜，谯郡铚（今安徽濉溪西南）人。他是三国时期魏国的思想家、文学家和音乐家，是“竹林七贤”之一。嵇康推崇老庄之学，提倡回归自然。他常与名士坐而论道，这些玄远缥缈的“清谈”成为魏晋时期的风尚，孕育出一种叫“玄学”的哲学思潮。受玄学影响，嵇康的诗歌呈现出清峻疏放的特征，富有哲理。嵇康和阮籍等名士生活的时代恰逢魏齐王曹芳的正始年间，所以这一时期的谈玄风气被称为“正始之音”，这一时期的文学则被叫作“正始文学”。

◇◇◇◇◇◇◇◇◇◇◇◇◇◇◇◇◇◇◇◇◇◇◇◇◇

诗人故事

我身在刑场，听到行刑官叫我的名字“嵇康”。在生命的最后时刻，我突然想要演奏一曲《广陵散》。心有灵犀，我的哥哥嵇喜眼含泪水从观刑人群中走出，递给我一把琴。父亲去世得早，长兄如父，他为我提供了优越的教育和成长环境，我从小就很自信，甚至有一点点自负。小时候我博览群书，长大后喜欢读《老子》《庄子》，并深受老庄哲学的影响。我瞧不起文人的繁文缛节，唯独偏爱庄子清新自然的道学。因为志趣相投，我和阮籍等几位雅士成了一生的挚友。我们时常在林间高谈阔论，将自己的志趣寄托在山水花鸟之中。我们这帮人都向往避世的生活，可惜到头来却没几个人如愿以偿。像阮籍，他放不下前程和抱负，所以瞻前顾后，假意敷衍司马家。而我呢？我放不下心中的倔强，看不惯司马家的惺惺作态。

拉拢不成，司马家便开始忌惮我，因为我在朝廷中还挺有人缘的。有一次，我的好友吕安被诬陷入狱，我为他鸣冤，结果也因此被牵连获罪。再加上朝中曾有人向司马昭进谗言，司马昭早就想除掉我了。在监狱里，我回忆自己的一生，写下了绝笔之作——《幽愤诗》。我也想安贫乐道地过完这一辈子，但执拗的性格却无可避免地将我引上这条不归路。我当然对司马家的迫害感到愤怒，可凭我一己之力又能怎样？我只能在这狱中长叹一句：“时不我与！”

刑场四周聚满了人群，有些是陌生的面孔，有些是熟悉的身影。我将手指放在琴弦上，轻轻一拨，首个音符响起，随后整段《广陵散》便在我手中流淌出来。我曾写过一篇名叫《声无哀乐论》的文章，质疑是否真的有“快乐的音乐”和“哀伤的音乐”之分。我认为音乐无所谓快乐忧伤，喜哀与否只和聆听者的心境有关。就像现在表演着《广陵散》的我，感受到了昔日在田野间弹奏的快乐，燃起了被奸人陷害的愤懑，又有与亲友告别的不舍，以及直面死亡的平静。当最后一个音符归于平静，我完成了《广陵散》，也结束了这短暂而又灿烂的一生。

赠秀才入军（其十四）

息徒兰圃，秣马华山。
流磻平皋，垂纶长川。
目送归鸿，手挥五弦。
俯仰自得，游心太玄。
嘉彼钓叟，得鱼忘筌。
郢人逝矣，谁与尽言。

·磻（bō）：用作箭镞的石块

知识卡片 抓鱼也是门哲学课

和阮籍一样，嵇康也是庄子的忠实粉丝。受老庄思想影响，嵇康常以哲学眼光看待生活。这不，就连这首想象哥哥嵇喜军中生活的《赠秀才入军》，也没有军旅的紧张与艰苦，却满是参禅悟道的闲适与玄妙。

在嵇康笔下，哥哥骑马游历花田和青山，不时拿出五弦乐器弹唱。这样轻快而有趣的场景，他用一联“俯仰自得，游心太玄”巧妙概括，哥哥仿佛自由自在地在水中遨游，在天空中飞翔。下一句“得鱼忘筌”引用自《庄子·外物》中的“筌者所以在鱼，得鱼而忘筌”。“筌”是古时候抓鱼用的小竹篓。抓到了鱼，筌的使命完成，也就可以被放在一边了。庄子和嵇康这是在启示我们要抓住事物的核心和本质，别太纠结于表现和手段——“捕鱼”的本质自然是“鱼”，至于是用“网”还是用“筌”去捕捉，其实没有那么重要。

不过，“得鱼忘筌”流传到今天，已经成为一个略带贬义的成语。比喻达到目的之后就忘了原来的凭借，你可千万别用错了。

拓展阅读

赠秀才入军（其十五）

闲夜肃清，朗月照轩。
微风动袿，组帐高褰。
旨酒盈樽，莫与交欢。
鸣琴在御，谁与鼓弹？
仰慕同趣，其馨若兰。
佳人不存，能不永叹？

◉

稽康在诗中想象了哥哥从军后，留下自己一个人生活的场景。诗中，稽康化用了《易·系辞》中的"二人同心，其利断金，同心之言，其臭如兰"，写下"仰慕同趣，其馨若兰"，形容自己与哥哥志趣相投的美好情感像兰花的芳香一样沁人心脾。

·褰（qiān）：撩起

幽愤诗（节选）

嗈嗈鸣雁，奋翼北游。
顺时而动，得意忘忧。
嗟我愤叹，曾莫能俦。
事与愿违，遘兹淹留。
穷达有命，亦又何求。

古人有言，善莫近名。
奉时恭默，咎悔不生。
万石周慎，安亲保荣。
世务纷纭，只搅予情。
安乐必诫，乃终利贞。

煌煌灵芝，一年三秀。
予独何为，有志不就。
惩难思复，心焉内疚。
庶勖将来，无馨无臭。
采薇山阿，散发岩岫。
永啸长吟，颐性养寿。

·嗈嗈（yōngyōng）：拟声词，鸟类的叫声，这里指雁鸣
·俦（chóu）：比
·遘（gòu）：遭遇
·勖（xù）：勉励

◉

稽康被斩首前，于狱中写下了这首《幽愤诗》。作为他人生的绝唱，这首诗包含了他对自己一生遭遇的幽愤与对生命的深切体悟。诗中，诗人对处事方式表达了自己的看法："古人有言，善莫近名"来自《庄子》的"为善无近名"，意思是做善事不要为了名利而做；"万石周慎"则是指汉代的石奋因为处事周密而官运亨通，被汉景帝称为"万石君"（石，音 dàn，为古代的重量单位）。最后诗人则倾向于隐居："采薇山阿"用的是伯夷、叔齐的典故，他们是商代的大臣，商亡之后不与周王朝合作，隐居于首阳山，并坚持不吃周粟，只采一种叫作薇的植物食用，最终被饿死，成为古代高洁隐逸之士的典范。

左思：我借咏史揭露寒门的不公遭遇

◇◇◇◇◇◇◇◇◇◇◇◇◇◇◇◇◇◇◇◇◇◇◇◇◇

左思（约 250—约 305）

字太冲，齐国临淄（今属山东淄博）人。他是西晋文学家，诗作讽刺门阀制度，钟嵘在《诗品》中提及他的诗歌风格，称之为“左思风力”。“风力”与“风骨”意思相近，这是在称赞左思的诗文既继承建安文人的风骨，又蕴含自身独特的力道。他的《咏史》诗八首，开创了咏史诗歌借咏史以咏怀的新路子，奠定了他的文学地位。同时，左思是有记载的首位为儿童作诗的诗人，他将两个女儿天真烂漫的可爱模样记录在《娇女诗》中，字里行间透露出对幼女的怜爱之情。后世陶渊明的《责子》和李商隐的《骄儿诗》都受其影响。

◇◇◇◇◇◇◇◇◇◇◇◇◇◇◇◇◇◇◇◇◇◇◇◇◇

诗人故事

我叫左思，我很羡慕你们现在采用以考试选拔人才的制度。在我生活的魏晋时代，选拔官员可没那么公平。当时采用的是“九品中正制”，“中正”是地方上有钱有势的大贵族，他们根据一些标准将士人分成几个等级——也就是“九品”。接着，朝廷会按照“九品”任用士人。那些本就属于名门望族的中正官更倾向于选自家人当官，地位稍弱的寒门很难被选中。

在那个拼家世拼人脉的时代，我也是靠着妹妹才得到进京师洛阳的机会的。她才情出众，被晋武帝司马炎选作妃子。我自认为见闻不够广博，请求担任掌管图书典籍的秘书郎一职。洛阳的花花世界使我陶醉，但那些贵公子对我的态度却像一盆冷水，把我浇了个透心凉。他们嫌弃我长相丑陋、出身寒微，处处排挤我。在洛阳生活了十数年，不被重用的我依然像个局外人。

不过，游走在圈子边缘有个好处，那就是有更多的时间进行文学创作。我花了整整十年，写下《三都赋》，我一人分饰三角，分别以魏国先生、东吴王孙和西蜀公子的口吻，介绍了魏蜀吴三国国都的地理、物产和人文状况。我重点刻画了魏都的繁华，认为它的强盛离不开曹操在北方的多年经营。“赋”是种适合用来赞颂事物的文体，但我不想像许多前辈那样虚伪而浮夸地恭维。遭尽白眼冷遇的我，更懂得真诚的可贵。华美也好，丑恶也罢，只有内心的真实，才能真正地打动人。我的努力得到了回报，《三都赋》一发表，就成了“爆款”文章。那会儿没有手机也没有电脑，要看我的文章只能到别人家去借阅，或者拿纸笔抄下来。一时之间，洛阳纸张的价格暴涨，因为大家都买纸来抄写《三都赋》。“洛阳纸贵”甚至变作你们熟悉的成语，用来表示某人的著作广为流传。

《三都赋》为我赢得了鲜花和掌声。当时有名的大臣贾谧重用我，让我做他的门客。不过我已渐渐看清官场的虚伪，不太想做官了。我宁愿选择在历史中感悟人生的真谛，后半辈子便日日与典籍相伴。所以，看到你们现在的考试制度，我很是欣慰。愿你们能好好珍惜，让真正有才能的人到更广阔的天地去，大展拳脚，实现抱负。

咏史（其二）

郁郁涧底松，
离离山上苗，
以彼径寸茎，
荫此百尺条。
世胄蹑高位，
英俊沉下僚。
地势使之然，
由来非一朝。
金张藉旧业，
七叶珥汉貂。
冯公岂不伟，
白首不见招。

·珥（ěr）：插；戴

知识卡片 在历史中把握时代脉搏

“曲项向天歌”的《咏鹅》和“凌寒独自开”的《咏梅》想必你已很熟悉，它们是通过刻画“鹅”或者“梅花”抒发诗人情感的佳作，被称作“咏物诗”。那诗人想通过“咏史”表达些什么呢？

最早给诗歌起名“咏史”的是汉代学者班固。不过那时的“咏史”只是枯燥地写历史事件和背后的教训，所以《诗品》才形容它“质木无文”——像木头一样朴实，缺少文采。

但当你读到左思的《咏史》时，你会发现这些极富创造性的文字可一点也不无聊！左思不像班固那样一板一眼，而是试图在纷杂的历史现象中把握时代的脉搏。诗的最后四句用了两组历史人物做对比。一组是“金张”，他们是西汉的金日磾与张安世，其后代凭借显赫家世做了大官，“七叶珥汉貂”就是在讲他们子孙七代都做了高官。另一组是被称作“冯公”的冯唐，这位西汉名臣到老都不得重用。这种不公平的现象正是左思所要讽刺的社会现实：庸才像“山上苗”，门阀制度限制了那些家境平平却有才能的“涧底松”的发展。前者享受众人的瞩目，犹如沐浴灿烂的阳光；后者却只能屈居在幽暗的山底，愤懑地度过一生。

拓展阅读

咏史（其五）

皓天舒白日，灵景耀神州。
列宅紫宫里，飞宇若云浮。
峨峨高门内，蔼蔼皆王侯。
自非攀龙客，何为欻来游？
被褐出阊阖，高步追许由。
振衣千仞冈，濯足万里流。

◉

诗中“被褐出阊阖，高步追许由”，说的就是诗人要穿着粗布衣服离开皇宫，去追随传说中著名的隐士许由。传说中，尧要将自己的帝位让给许由，但是他没有接受，而是退隐到箕山种田去了。

· 欻（xū）：忽然
· 濯（zhuó）：洗

杂诗

秋风何冽冽，白露为朝霜。
柔条旦夕劲，绿叶日夜黄。
明月出云崖，皦皦流素光。
披轩临前庭，嗷嗷晨雁翔。
高志局四海，块然守空堂。
壮齿不恒居，岁暮常慨慷。

◉

这首诗写于左思晚年。开头凄清的秋景描写，以白露变为霜表达对时光易逝的感叹，后面更直言自己“块然守空堂”，“块然”的意思是“孤独的样子”。可见，这首诗中流露出的是诗人理想破灭后的悲哀。

王献之：我是书法家“小王”，兼职诗人

◇◇◇◇◇◇◇◇◇◇◇◇◇◇◇◇◇◇◇◇

王献之（344—386）

字子敬，祖籍琅琊临沂（今属山东），出生于会稽山阴（治今浙江绍兴）。他是东晋著名书法家王羲之第七子，得到父亲真传，行书和草书尤为出众，两人并称“二王”。王献之仕途顺利，官至中书令，因此又被称作“王大令”。这位大书法家仅留存诗作四首，其中三首《桃叶歌》一度成为东晋和南朝的热门作品。《桃叶歌》以民歌般淳朴悠远的文字，唱出了一对爱人在渡口分别时的眷恋与不舍。

◇◇◇◇◇◇◇◇◇◇◇◇◇◇◇◇◇◇◇◇

诗人故事

我叫王献之，大家爱叫我“小王”。我家还有个“大王”，那就是我的父亲，王羲之。

我们“二王”以书法出名，也爱玩味文字。在我九岁那年，一场盛大的文学聚会震撼了我的心灵。那是353年的春天，包括我父亲在内的四十多位名士聚集在山阴兰亭，一同赏玩山水。我跟着父亲参加了聚会，里头有个游戏非常好玩：大家一起坐在弯曲的水流旁，水上的酒杯漂到谁面前，谁就要作诗一首。谈笑之间，数十首佳作应运而生。这些寄托山水情怀和人生感悟的作品被编纂成《兰亭集》，由我父亲作序。《兰亭集序》由此闻名天下，成为书法艺术与文学艺术完美交融的千古一作。

《兰亭集序》里有两句令我印象深刻：“后之视今，亦犹今之视昔，悲夫！”这是父亲在感叹，未来的人看我们，就像我们看过去的人那样。生命短暂，且在不断轮转之中，人们的悲欢离合是相通的。如今捧着书本听我讲故事的你，对比或许也有过不少感同身受的时刻。

可以说，我就是那个“别人家的孩子”。我，行草写得不错，年轻时就已成名，在当时是数一数二的。我还一改当时古拙的书法风气，下笔豪迈，引领了新的风尚。在官场上，我也是春风得意。和喜好山水、不愿为官的父亲不同，我步步高升，最终登上了中书令的位置。

但是，看似一帆风顺的我，背后也有许多辛酸。我的爱情之路坎坎坷坷。我先是娶了表姐为妻，日子还算和美。但后来在朝廷的压力下，我不得不与发妻分开，娶了司马公主。别人看我是风光无限，但只有我自己知道思念爱人的痛苦。这是我一生最大的遗憾，我甚至坚持用前妻家中常用的字体写书法。后来，爱情之神依然没有太眷顾我，我有了其他钟情的人，但最终还是无法走到一起。

林林总总的如意与不如意，共同组成了我这平凡而又不平凡的一生。如果你能有缘看到我的作品，请多花些时间细品，说不定你也能从中读到自己的影子。

桃叶歌（其一）

桃叶复桃叶，桃叶连桃根。
相怜两乐事，独使我殷勤。

知识卡片 桃叶渡，最美最忧郁的爱情象征

此外选取的《桃叶歌》是三首中的第一首。在不了解诗歌背景的情况下，你很容易会觉得，这不就是在写春天里桃叶繁茂、桃花盛开的场景吗？但当我告诉你，"桃叶"其实是一个姑娘的闺名时，你再去看这首诗，是不是有了完全不同的感受？

据说，桃叶是王献之的爱妾，两人情投意合。第一首《桃叶歌》讲的是美人桃叶让桃花都成了陪衬，使王献之一见钟情；第二首则是两人相知相识的过程。相传王献之送爱妾桃叶的渡口也因此得名"桃叶渡"。

《桃叶歌》的流传让许多诗迷好奇，这一处寄托"小王"爱意与离愁的渡口究竟在什么地方。其实桃叶渡位于现在的南京市秦淮河畔，已经成为"金陵四十八景"之一。许多人因王献之而来，在此留下了感怀的诗句。就连清朝的乾隆皇帝也感慨道："渡口名因爱妾留，都夸子敬特风流。"

陶渊明：我被称为“古今隐逸诗人之宗”

◇◇◇◇◇◇◇◇◇◇◇◇◇◇◇◇◇◇◇◇◇◇◇◇◇

陶渊明

（365或372或376—427）

一名潜，字元亮，自号“五柳先生”，浔阳柴桑（治今江西九江西南）人。陶渊明是东晋时期著名的诗人，他把自己的田园生活写进诗中，描绘田园风光与农村生活，开拓了中国诗歌的新题材——田园生活。北宋诗人苏东坡曾说他的诗是“质而实绮，癯而实腴”，也就是说他的诗歌表面上很质朴简单，实则绮丽丰富。他的散文与辞赋也十分高妙，代表作有《桃花源记》《五柳先生传》《归去来兮辞》等。陶渊明隐居田园，钟嵘在《诗品》中称誉他为“古今隐逸诗人之宗”，对后世文人的隐士情结产生深远影响。现在他流传于世的诗文作品都被收录在《陶渊明集》中。

◇◇◇◇◇◇◇◇◇◇◇◇◇◇◇◇◇◇◇◇◇◇◇◇◇

诗人故事

我叫陶渊明，一说到我，大家可能想到的是在课本中见到的我，一位南山下采摘菊花的隐士吧？但除了吟唱“悠然见南山”之外，你们知道吟诵“猛志固常在”渴望建功立业的我吗？

我的曾祖父陶侃曾担任过晋朝的高官，但后来家道中落。父亲在我很小的时候就去世了，我的生活变得非常贫困。为了生计，更为了自己的志向，我便去做官，得到一份江州祭酒的工作，这个职位琐事极多，最终我因为不堪繁重的工作，辞去了这一职位。后来我还做过许多其他的工作，比如幕僚、镇军参军、彭泽县令，但就是在担任彭泽令两个多月后，我下定决心归隐山林，从此再也不出来做官了。

是什么直接促使我辞官呢？那时郡中的督邮来彭泽县视察，县吏对我说：“你应该穿戴整齐再去拜见他。”那一刻我突然明白了自己的内心：我做不到恭敬地拜见只想听我奉承话的督察官，与其为了一点薪水就屈身奉承别人，不如回到我眷恋着的田园山林中自由自在地生活！想清楚以后我就辞官了，心情顿时豁朗了许多，便挥笔写下了《归去来兮辞》一文，如果你有机会读到它，就会明白我有多么的向往田园生活了！

我也有“猛志固常在”的时刻，但是天性热爱自然，不愿与俗同流，而当时的政治环境又非常复杂，人人都想篡位做皇上，我对政治也厌倦了，“猛志”也消散了。我更愿意在田园生活中吟唱我的诗词歌赋，“悠然见南山”的我或许才是真正的我，快乐的我。最终我能寻找到这份快乐，我已经心满意足了。

归园田居
（其三）

种豆南山下，
草盛豆苗稀。
晨兴理荒秽，
带月荷锄归。
道狭草木长，
夕露沾我衣。
衣沾不足惜，
但使愿无违。

知 识 卡 片

扛着锄头割草的农家生活

《归园田居》是陶渊明创作的一组五言诗，共五首，是陶渊明田园诗的代表作。《归园田居》（其三）是组诗中的第三首，写的是诗人回归田园后在农村的劳动生活。在这首诗中，我们读到的可不是闲适、有趣的田园生活，而是这位不擅长农活儿的大诗人对自己的农耕生活的“吐槽”：“草盛豆苗稀”，田地里杂草长得很茂盛，但豆苗却稀稀疏疏。可这竟然是他“晨兴理荒秽，带月荷锄归”的结果——早晨天刚亮就去锄草，晚上月亮升起来才背着锄头回家。但这也正是这首诗的特别之处：古代的田园诗人很少有人像陶渊明这般亲自参与农耕，还写进自己的诗里。清代文学家方东树认为，这首诗“真景、真味、真意，如化工元气，自然悬象著明”。

饮酒（其五）

结庐在人境，而无车马喧。
问君何能尔？心远地自偏。
采菊东篱下，悠然见南山。
山气日夕佳，飞鸟相与还。
此中有真意，欲辨已忘言。

知 识 卡 片 自得其乐的隐居生活

《饮酒》是陶渊明创作的一组五言诗，共二十首，这里选的是组诗中的第五首。这首诗写的是诗人的隐居生活，其中“采菊东篱下，悠然见南山”两句为千古名句，“菊花”在中国传统文化中具有独特的象征意义，屈原在《离骚》一诗中写道：“朝饮木兰之坠露兮，夕餐秋菊之落英。”“秋菊之落英”象征的是一种品格的修养，而“采菊东篱下”也正是暗含着这样一种象征意义。北宋文学家苏轼曾评说道：“因采菊而见山，境与意会，此句最有妙处。”说的是这两句诗写诗人在采摘菊花的过程中偶然见到了南山的景色，诗境与诗意十分恰合，是佳句。

读山海经（其十）

精卫衔微木，将以填沧海。
刑天舞干戚，猛志固常在。
同物既无虑，化去不复悔。
徒设在昔心，良辰讵可待。

知识卡片 神话故事读后感

《读山海经》是陶渊明创作的一组咏史诗。《山海经》是上古时期的一本地理名著，其中保存了许多古代的神话传说，《读山海经》(其十)写的便是精卫填海与战神刑天的神话故事。精卫填海的神话出自《山海经·北山经》，精卫是炎帝的女儿，原名女娃，女娃在东海游玩时不慎溺水而死，死后女娃化身为精卫鸟，常常衔着西山的草木、石头投入东海，希望有一天能将东海填平。战神刑天的神话出自《山海经·海外西经》，刑天与天帝争位，被天帝砍下了头颅，但他仍不屈服，以两乳为眼睛，以肚脐为嘴巴，手拿盾牌和利斧继续战斗。诗人对精卫和刑天坚强不屈的意志的歌颂，展现了他心怀壮志的另一面，我们可不要以为这位大名鼎鼎的田园诗人只想隐居在田园而不问世事呀。

归园田居（其一）

少无适俗韵，性本爱丘山。
误落尘网中，一去三十年。
羁鸟恋旧林，池鱼思故渊。
开荒南野际，守拙归园田。
方宅十余亩，草屋八九间。
榆柳荫后檐，桃李罗堂前。
暧暧远人村，依依墟里烟。
狗吠深巷中，鸡鸣桑树颠。
户庭无尘杂，虚室有余闲。
久在樊笼里，复得返自然。

知识卡片

潇洒辞职之后陶渊明去了哪里？

本诗是《归园田居》组诗中的第一首。《归园田居》这组诗大概写于诗人辞去彭泽县令后的第二年，诗人通过“误落尘网中”与“守拙归园田”“久在樊笼里”与“复得返自然”的对比，表达自己辞职归乡后的愉快心情。明代诗人黄文焕在《陶诗析义》一书中评价此诗：“语俗而意愈雅。”

这首诗主要依托景物的描写来抒发情感，诗人运用了白描的手法，把榆柳、桃李、狗吠、鸡鸣等田园风光细致地呈现了出来，其中“暧暧远人村，依依墟里烟”是千古名句，唐代诗人王维《辋川闲居赠裴秀才迪》一诗中有“墟里上孤烟”一句，便是对“暧暧远人村，依依墟里烟”的化用。

知识卡片

叹人生的咏怀诗

《杂诗》是陶渊明创作的一组咏怀诗，共十二首。咏怀诗是抒发情志抱负的诗歌，这一诗歌题材的开拓归功于魏晋时期的著名诗人阮籍，他的代表作即是五言“咏怀”诗八十二首，对后世产生了深远的影响，陶渊明的咏怀诗便是继承了阮籍诗歌的传统。诗中“及时当勉励，岁月不待人”两句，是提醒大家惜时进取的名句，你们也要好好记住它，时时勉励自己呀！

杂诗（其一）

人生无根蒂，飘如陌上尘。
分散逐风转，此已非常身。
落地为兄弟，何必骨肉亲！
得欢当作乐，斗酒诓比邻。
盛年不重来，一日难再晨。
及时当勉励，岁月不待人。

• 讵（jù）：岂

拓展阅读

杂诗（其二）

白日沦西阿，素月出东岭。
遥遥万里晖，荡荡空中景。
风来入房户，夜中枕席冷。
气变悟时易，不眠知夕永。
欲言无予和，挥杯劝孤影。
日月掷人去，有志不获骋。
念此怀悲凄，终晓不能静。

◉

《杂诗》组诗写于陶渊明晚年时，表达了诗人历经沧桑之后的心境，这种心情你也许还不能理解。但读到诗人在夜深人静时对人生的回顾与思索——“日月掷人去，有志不获骋”，不妨试着体会一下这种理想还没有实现但人已经老去的悲凄吧。

咏荆轲

燕丹善养士，志在报强嬴。
招集百夫良，岁暮得荆卿。
君子死知己，提剑出燕京；
素骥鸣广陌，慷慨送我行。
雄发指危冠，猛气冲长缨。
饮饯易水上，四座列群英。
渐离击悲筑，宋意唱高声。
萧萧哀风逝，淡淡寒波生。
商音更流涕，羽奏壮士惊。
心知去不归，且有后世名。
登车何时顾，飞盖入秦庭。
凌厉越万里，逶迤过千城。
图穷事自至，豪主正怔营。
惜哉剑术疏，奇功遂不成。
其人虽已没，千载有余情！

◉

荆轲是战国末期的一名侠士，他受燕国太子丹之命去刺杀秦王嬴政，也就是后来历史上著名的秦始皇。荆轲将匕首藏在燕国的地图中，在进献地图时趁机刺杀秦王，但最终失败。这首歌咏荆轲的诗，记叙了太子丹招募荆轲、在易水为荆轲送别、荆轲刺杀嬴政时的场景和诗人对荆轲的评价。朱熹认为这首诗体现了陶渊明豪放的性情。

谢灵运：我让山水诗变成潮流

◇◇◇◇◇◇◇◇◇◇◇◇◇◇◇◇◇◇◇◇◇◇◇

谢灵运（385—433）

祖籍陈郡阳夏（今河南太康），移籍会稽（治今浙江绍兴市）。他与鲍照、颜延之活跃在南朝宋文帝的元嘉年间，三人并称为“元嘉三大家”。谢灵运的文风精致秀丽，南朝宋诗人汤惠休、鲍照都将谢灵运的文字比作出水芙蓉。清新的风格背后少不了诗人的苦心钻研，南朝梁时期著名文学评论家刘勰在《文心雕龙》中评价南朝宋诗时说“俪采百字之偶，争价一句之奇”，意思是为了写出一句好诗，当时人不惜尝试上百个字词。而在诗歌内容方面，谢灵运开创了山水诗的先河，让山水诗流行了起来。

◇◇◇◇◇◇◇◇◇◇◇◇◇◇◇◇◇◇◇◇◇◇◇

诗人故事

我叫谢灵运，小名客儿。这个昵称源自客人，因为我小时候像到别人家做客那样，被寄养在外。也许是小时候漂泊太久，长大后的我总是在寻找归属感。一般来说，人们最有归属感的地方就是自己的家。我的家是人人都羡慕的“明星家庭”：祖父是东晋的谢玄，叔叔们也都在朝中当大官。我从小锦衣玉食，接受的也是最高贵的教育。家人们常举办文学聚会，一块儿赏诗作诗。

但是，富贵安逸的家庭真的带给了我归属感吗？并不见得。正统的贵族教育教会我儒家的礼仪和规范，但我真正感兴趣的是玄学。玄学讲究的是调和老子、庄子与孔子的学问，里头特别强调自然。自然是什么？往简单了理解，就是青山绿水；往复杂了理解，就是人的心境。

三十四岁那年，我的东家从东晋变成了刘宋，后来我也成了永嘉太守。那段日子，我抛开琐碎的工作，尽情游山玩水，到大自然中体会老庄念念不忘的“自然”。我发现，自然有时是深沉的湖水，险峻的山峰，有时是孤独的小楼，萧瑟的秋风。我对自然的疑问越来越多，心境却在寻找答案的过程中愈发平和。自然给了我第二个家，让我能暂时抛开仕途上的不如意，找到归属和安宁。正是这种与自然难舍难分的关系，使我发现了常人无法发现的自然之美。我的前辈们将自然风光看作诗歌的点缀，而我却将它们当成独一无二的主角。而且，越是微小的事物，越是能引发我的兴趣。海鸥、绿草、碎石，看似平凡的它们都值得我花上好几个日夜细心雕琢。正是我逐字逐句千锤百炼的严苛态度，让山水诗焕发出前所未有的生机。在我的引领下，山水诗变成了一种新潮流。

我的后半生和我幼时一样，都漂泊在他乡：在不同的地方任职。这恰好给了我游历各地山川的机会。我相信人生的价值不在长度，而在宽度。天地浩瀚，带我见识了辽阔的世界；天地温柔，也将把我的灵魂揽入怀中。

登池上楼

潜虬媚幽姿，飞鸿响远音。
薄霄愧云浮，栖川怍渊沉。
进德智所拙，退耕力不任。
徇禄反穷海，卧痾对空林。
衾枕昧节候，褰开暂窥临。
倾耳聆波澜，举目眺岖嵚。
初景革绪风，新阳改故阴。
池塘生春草，园柳变鸣禽。
祁祁伤豳歌，萋萋感楚吟。
索居易永久，离群难处心。
持操岂独古，无闷征在今。

·褰开（qiānkāi）：拉开，这里指拉开窗帘
·嵚（qīn）：高峻的样子

知识卡片 谢师父的写作秘籍

但凡武林高手，总有些独门功夫。作为山水诗一派的祖师爷，谢灵运也不例外。学者们反复琢磨，终于从他的作品中提炼出一套口诀：一叙事，二写景，三说理。下面就让我们结合他的名作《登池上楼》，分析分析。

诗歌前八句讲了个故事。诗人想像水中巨龙遨游，天上飞鸟鸣叫。但现实中，他既不能游也不能飞，只能碌碌无为地独自蜗居。忧虑之中，他病倒在床。叙事部分已经让我们揪住了心：这样绝望的人究竟何去何从？

接着，谢灵运笔锋一转，从“衾枕昧节候，褰开暂窥临”两句开始写景。诗人起床推窗远眺，霎时被壮观的景象震撼。海浪、山峰、池塘、柳树，让他如沐春风。不过很快，他又感到悲伤袭来，因为这美景只有他一人孤独地享受。

写到这里，谢灵运自然而然打出了最后一招：说理。无论叙事还是写景，其实都是为了最后四句：“索居易永久，离群难处心。持操岂独古，无闷征在今。”离群索居而又郁郁不得志的日子是如此漫长，令人痛苦。不过，既然许多古人都能熬过这场试炼，那么他也可以坚持下去。

虽然有些学者觉得谢灵运总是使这一套，看多了不免单调乏味。但我们不得不承认，他让原本就动人的山水画卷变得有人情味了。怎么样，你从谢师父身上学到一两招了吗？

拓展阅读

石门岩上宿

朝搴苑中兰，畏彼霜下歇，
暝还云际宿，弄此石上月。
鸟鸣识夜栖，木落知风发。
异音同致听，殊响俱清越。
妙物莫为赏，芳醑谁与伐？
美人竟不来，阳阿徒晞发。

◉

这首诗还有一个题目叫《夜宿石门诗》，写的是诗人在一个秋夜住在石门山赏月时的情景。诗人把山中的秋景描绘给我们，最后发出感叹："美人竟不来，阳阿徒晞发。"这两句诗化用了《楚辞·九歌》中"与汝沐兮咸池，晞汝发兮阳之阿。望美人兮未来，临风怳兮浩歌"。其中，"阳阿"是神话中太阳升起时第一个经过的山丘。

·醑（xǔ）：美酒

岁暮

殷忧不能寐，苦此夜难颓。
明月照积雪，朔风劲且哀。
运往无淹物，年逝觉易催！

◉

这首诗写于诗人官场上遭遇到挫折，离开都城建康（今江苏南京），去外地做官时。诗中，"殷忧"的意思是深重的忧虑，"夜难颓"意思是长夜难尽，"淹物"指的是能长久存留的事物。诗中惆怅的语句，都是诗人心境的真实写照。

鲍照：我为底层人民勇敢发声

◇◇◇◇◇◇◇◇◇◇◇◇◇◇◇◇◇◇◇◇

鲍照（约 414—466）

字明远，东海（郡治今山东郯城北）人。他出身寒门，因向临川王献诗而获官职。曾出任前军参军一职，所以又被称作“鲍参军”，后死在战场上。他是南朝宋首位大量创作七言诗的诗人，其创作的七言乐府诗文风俊朗飘逸，影响了唐朝李白、岑参等人。因出身寒微，其诗中多有表达对门阀专权的不满，又以《拟行路难》组诗最为著名。沈德潜说鲍照的文字“妙在不曾说破，读之自然生愁”，意思是他的诗句妙在不直来直去，而是采用精巧而隐晦的比喻，让人读了自然而然产生愁苦之情。

◇◇◇◇◇◇◇◇◇◇◇◇◇◇◇◇◇◇◇◇

诗人故事

我叫鲍照，你无法想象我出生在一个怎样贫穷的家庭。幼时，我住的房子又旧又破，屋顶漏雨，地面积水，墙壁摇摇欲倒。我不但要操持家中的农活，还要拼命读书，因为我期待知识改变命运。

大概二十岁的时候，我去拜见临川王刘义庆，他喜欢文学，我想用自己的作品打动他，让他推荐我做官。可是还没见着他，就有人拦住我，说我身份低贱，不应该去打扰大王。我气极了，反驳他说：“这世上多少人才就像这样被埋没了！大丈夫岂能隐藏自己的聪明才智，像兰草、艾草一样混合在一起，不被人识，整日和碌碌无为的人相伴？”

最后，临川王还是见了我，看了我的诗歌。他欣赏我的才华，提拔我做官。但是，之前所受的屈辱，并没有因为我进入朝廷而烟消云散。拜高踩低的人依旧排挤我、冷落我。我在朝中数年，几乎都是担任一些微不足道的官职，始终找不到施展才华的地方。

我也曾想过辞官，离开这乌烟瘴气的地方，过我想象中的田园生活：早晨拜别父母出门干活，晚上回家陪伴亲人。在床榻上逗弄顽皮的孩子，看着妻子在织机前辛勤劳作。但我也犹豫着，这样闲适的日子看似很幸福，可我真的就甘愿这样平平淡淡过一辈子吗？

我是不甘愿的，我向往最炽热浓烈的生活，愿意到边塞去看壮丽的景色。我很疑惑，之前的诗人为什么不多写写这些奇异风光？后来，我做了个军队小官——参军，常年在外打仗。我同背井离乡的战士们生活在一起，几乎每天都是金戈铁马、烽火连天的场面，战士们成了我诗歌的主题。无论是无名小卒，还是无名小官，我们都像是时代洪流里的一簇浮萍。面对各种不公，我们或许可以尽全身之力溅起一朵朵愤怒的浪花，但一朵浪花改变不了河流的走向。

所以我就什么也不做了吗？并不是。一朵浪花虽微小，但成百上千朵浪花却可以掀起一波巨浪。我从未停止发声，我用诗歌帮助寒门之士和征夫说出心中所想。我相信诗歌具有深远的力量，而我的心愿也终有一天能够实现——这不，一千多年后的你还能听到我们的心声！

拟行路难（其四）

泻水置平地，各自东西南北流。
人生亦有命，安能行叹复坐愁？
酌酒以自宽，举杯断绝歌路难。
心非木石岂无感？吞声踯躅不敢言。

知识卡片 改良七言诗的风味

三国时期的曹丕写下了现存最早的完整七言诗，但之后继续创作七言诗的人却很少。许多人还保持着“七言俗气”的观念，不肯做出改变。

如果说曹丕是“第一个吃螃蟹的人”，那么鲍照就是将螃蟹做成美食推广到各地的人。七言歌曲多数在北方民间流传，鲍照针对文人的口味，对它们进行了改良。《拟行路难》也曾是流行在草原牧区的歌谣，鲍照加入了文人们喜爱的“佐料”——五言诗句，并用自然有力的语言加以“烘焙”，最终开发出了这类以七言为主、杂以其他句式的“独家风味”。

这样独具匠心的“美味”，一经发布，就受到了大家的欢迎。新颖形式之下，寄托的是鲍照对门阀制度的不满。人们对民间的诗歌都看不上眼，对寒门士子自然也多有歧视。就像在平地上倒水，水流流向不同的方向；人也如同水流，常有高低贵贱的差距。鲍照虽然不甘，能做的也有限，但他依然勇敢地将这些不公揭露在阳光下，抒发寒门士子遭受压抑的愁苦。

拓展阅读

梅花落

中庭多杂树，偏为梅咨嗟。
“问君何独然？”“念其霜
中能作花，露中能作实。
摇荡春风媚春日，念尔零落
逐寒风，徒有霜华无霜质！”

◉

这首诗的诗句长短错落，是一首杂言诗。有研究者认为，诗中的杂树象征着普通的士大夫，他们并不具有远大高洁的志向；而梅花则相反，象征着高尚贤明的人。诗中的对话，也是诗人与杂树的对话，杂树问诗人为什么独独欣赏梅花，后面则是诗人的回答，其中“念尔”中的“尔”，意思是“你”，指与诗人对话的杂树。读完可以想一想，你对梅花的看法和诗人有什么不同吗？

代东门行

伤禽恶弦惊，倦客恶离声。
离声断客情，宾御皆涕零。
涕零心断绝，将去复还诀。
一息不相知，何况异乡别。
遥遥征驾远，杳杳白日晚。
居人掩闺卧，行子夜中饭。
野风吹草木，行子心肠断。
食梅常苦酸，衣葛常苦寒。
丝竹徒满坐，忧人不解颜。
长歌欲自慰，弥起长恨端。

◉

这首诗描写的是离开家乡、独自踏上旅途的乡愁。诗的开头，使用了一个《战国策》中“伤禽”的典故：一只受伤的大雁听到弓箭扫弦的声音就从天上掉落下来，甚至都不需要人真正射箭了。诗中写，受伤的大雁厌恶听到扫弦的声音，而类比到疲惫的旅人，他们厌恶的，是叙离别的歌谣。

谢朓：我是“永明体”的创始人之一

◇◇◇◇◇◇◇◇◇◇◇◇◇◇◇◇◇◇◇◇◇◇◇◇

谢朓（464—499）

字玄晖，南朝齐陈郡阳夏（今河南太康）人，因为曾担任安徽宣城太守，也被叫作谢宣城。谢朓善于写五言诗，以描写自然景色为主，与山水诗人谢灵运并称为“二谢”，谢灵运为“大谢”，谢朓为“小谢”。唐代诗人李白非常推颂谢朓，多次在诗中称赞他，比如在《宣州谢朓楼饯别校书叔云》一诗中称颂道：“蓬莱文章建安骨，中间小谢又清发。”谢朓曾经是竟陵王萧子良的门客，与王融、萧衍、任昉、沈约、范云、陆倕、萧琛七人并称为“竟陵八友”，同时，谢朓还与沈约、王融等一起参与创制了“永明体”诗。这种诗体强调声韵格律，在那之前，古诗并不要求押韵，这对唐代时产生的近体诗，也就是律诗、绝句的形成有重大影响。后人把他的诗文作品整理成册，名为《谢宣城集》。

◇◇◇◇◇◇◇◇◇◇◇◇◇◇◇◇◇◇◇◇◇◇◇◇

诗人故事

陈郡谢家是名门望族，家族里很多人都在历史上留有姓名，如我高祖父的弟弟谢安，就曾指挥淝水之战，打败了百万前秦军，为东晋赢得十多年的太平；又如同族的谢灵运是南北朝时期著名的山水诗人。因有这样的家世，我获得了非常好的教育，再加上我酷爱读书，所以在少年时就很受别人的赏识。

我曾在几位藩王的幕府中任职，在随王萧子隆的府中，我结识了竟陵王萧子良。他们两人关系密切，又都爱好文学，竟陵王开西邸广招文学之士的时候，我得以经常出入西邸，也参与了竟陵王主办的一系列文学活动，与朋友们唱和交谈，作了许多咏物诗歌。可天下没有不散的宴席，西邸的文学盛会也有终结的时候。491年，随王离开京都前往荆州，我也跟着他来到了荆州。

虽然我很喜欢京都的生活，但也要诚实地说，那狭小的生活圈子使我的文思很有点枯竭了。而这一次荆州之行，我就像是从象牙塔里走出来，看到了一片广阔的天地一样，这个世界壮丽的风光与多姿多彩的生活，犹如画卷在我的眼前展开，我的诗歌创作再也不只是一些苍白的文人间的应和诗与咏物诗，而是糅合进了丰富的人生体验。

后来，我被召回了京都。此时朝廷已经动荡不安了，我这次返回京都想来也是凶多吉少。在我还京之后发生了很多事情，皇位的争夺使得竟陵王忧惧而死，随王也被杀了，作为随王的幕僚，我本来也难逃一死，好在最终幸运地躲过了一劫，但政治的复杂使我已开始萌生归隐的想法。495年，我又一次离开了京都，出任宣城（今安徽宣城）太守。这期间我创作了大量的山水诗，可以说，尽管政治生涯十分坎坷，但是我却一步一步地走上了文学生涯的顶峰。

这样平静的日子很快又结束了，我被卷入了政治斗争之中，还遭到了小人的诬陷，说我想要谋反，真是可笑！可惜皇帝是个糊涂君王，他将我打入了大牢，我也因此走入了黑暗之中，怕再也难见光明了。

游东田

戚戚苦无悰，
携手共行乐。
寻云陟累榭，
随山望菌阁。
远树暧仟仟，
生烟纷漠漠。
鱼戏新荷动，
鸟散余花落。
不对芳春酒，
还望青山郭。

• 悰（cóng）：欢乐

知识卡片 风格旷远的东田游记

《游东田》是一首记游之作。东田是南朝齐的文惠太子所建的一座楼，在今天的江苏省南京市东郊，谢朓也有庄园在附近，因此前往游玩。这首诗对仗工整，如果你仔细品读这首诗，会发现它的二、三、四联在句式、用词上都体现了对偶，可见谢朓在诗歌形式上的努力。

明代文学家钟惺在《古诗归》中认为，谢朓用山水景物来描绘城市，读起来却并不感到清冷，而有一种旷远的诗境，《游东田》一诗便具有这种旷远的风格。

拓展阅读

晚登三山还望京邑

灞涘望长安，河阳视京县。
白日丽飞甍，参差皆可见。
余霞散成绮，澄江静如练。
喧鸟覆春洲，杂英满芳甸。
去矣方滞淫，怀哉罢欢宴。
佳期怅何许，泪下如流霰。
有情知望乡，谁能鬒不变？

◉

诗人登上三山（在今南京市西南）后，回头眺望都城建康（今南京市），把看到的美景写在了这首诗中。诗中“灞涘望长安”化用自汉代王粲《七哀诗》中的“南登霸陵岸，回首望长安”；“河阳视京县”则化用自西晋潘岳《河阳县诗》和诗中的“引领望京室”一句。作为一首著名的写景诗，其中的“余霞散成绮，澄江静如练”是历来备受好评的佳句。

·涘（sì）：水边
·甍（méng）：屋脊
·鬒（zhěn）：稠而黑的头发

游敬亭山

兹山亘百里，合沓与云齐。
隐沦既已托，灵异居然栖。
上干蔽白日，下属带回溪。
交藤荒且蔓，樛枝耸复低。
独鹤方朝唳，饥鼯此夜啼。
渫云已漫漫，夕雨亦凄凄。
我行虽纡组，兼得寻幽蹊。
缘源殊未格及，归径窅如迷。
要欲追奇趣，即此陵丹梯。
皇恩竟已矣，兹理庶无睽。

◉

谢朓曾做过安徽宣城的太守，而敬亭山就位于宣城城北，诗人经常前去游玩，这首诗便向我们展示了敬亭山的风景。关于敬亭山还有一首有名的诗，那就是唐代大诗人李白写的《独坐敬亭山》，李白非常喜欢谢朓的诗，你也可以把两首放在一起欣赏。

·樛（jiū）：树枝向下弯曲
·鼯（wú）：鼯鼠，也叫“大飞鼠”
·渫（xiè）：分散
·纡（yū）：弯曲，曲折
·窅（yǎo）：向远处望
·睽（kuí）：违背

萧纲：我是宫体诗风的倡导者

◇◇◇◇◇◇◇◇◇◇◇◇◇◇◇◇◇◇◇◇◇

萧纲（503—551）

字世缵，南兰陵（治今江苏常州西北）人，南朝梁的第二位皇帝，谥号简文帝。在他是太子时，以他的宫廷为中心形成了一种宫体诗风，主要描写宫廷生活，辞藻华丽，讲求音韵，成了中国古代一种重要的诗歌类型，但也有不少文人批评这种诗风，例如沈德潜便认为，南朝梁一代的诗歌以艳情的宫体诗为主，失去了温柔敦厚的旨趣，也抛却了汉魏时期的诗歌风格。他存世的作品被后人辑录在《梁简文帝集》中。

◇◇◇◇◇◇◇◇◇◇◇◇◇◇◇◇◇◇◇◇◇

诗人故事

我是南朝梁的第二位皇帝——萧纲。我的哥哥昭明太子萧统不幸早逝之后，我便被父亲册立为皇太子。虽是皇太子，但我的父亲萧衍十分强势，所以我不需要处理繁杂的政务，也没有什么突出的政绩，只是把时间花在培养自己的爱好上。

我与哥哥萧统一样喜爱文学，六岁便能写文章了，父亲听说了以后还以为是谣传，便召我过去面试，我一握笔便才思泉涌，当即写出了一篇文章，令父亲十分惊讶。七岁开始我便极其爱好诗歌，一直到现在这种热爱都没有消散。

我主张宫体文学的创作，极尽华丽的辞藻，我有一部分诗专写宫廷女性的容貌样态，歌咏男女的爱情，有时也会吟咏身边的景物、器具。在我的影响下，我身边的文人们也开始创作宫体诗，其中门客徐陵还将我们所创作的优秀诗歌与一部分民歌一同选编成一本诗集，名为《玉台新咏》，这是继《诗经》《楚辞》之后最早的诗歌总集了。哥哥逝世之后，我便成了梁朝文坛的领袖人物，渐渐形成一个以宫体诗为代表的东宫文学集团。

父亲去世后，我即位成为皇帝，但因我没有什么政治才干，一直被反贼侯景牵制着。我本来想把年号定为“文明”，取《周易》里“内文明而外柔顺”一句的意思，内守文明的美德，外显柔顺的情态，但是我又怕侯景察觉我想要做贤明君主的意图，最终还是把年号改为大宝。

我的力量太微小了，表面是皇帝，其实本质不过是一个傀儡罢了，不过我还是没有放弃和儒家士人们谈论道义，想要寻找一条出路。等到南康王萧会理被杀的消息传来之后，我知道我也命不久矣了。

如果可以，我想一辈子做一个吟诗作乐的闲散隐士，与诗友们一同唱和游玩。可惜我生在乱世的帝王家，我的人生注定是一首悲情的五言短诗。

折杨柳

杨柳乱成丝，攀折上春时。
叶密鸟飞碍，风轻花落迟。
城高短箫发，林空画角悲。
曲中无别意，并是为相思。

知识卡片 折一枝杨柳怀念远方的人

《折杨柳》是古代横吹曲的名称。李延年模仿张骞传自西域的《摩诃兜勒》曲，作《新声二十八解》，作为军中乐曲来演奏。《新声二十八解》在魏晋之后失传了，现在传世的歌词都是魏晋以后的文人所创作的。古代诗文中常常以杨柳来暗喻送别之情，如《诗经·小雅·采薇》：“昔我往矣，杨柳依依。”《折杨柳》这一曲的歌词内容在魏晋及至唐时期也大多是关于感伤离别、思念亲朋的，萧纲在被废为晋王后所创作的这首诗也寄托了这样的情感。

雁门太守行

陇暮风恒急，关寒霜自浓。
枥马夜方思，边衣秋未重。
潜师夜接战，略地晓摧锋。
悲笳动胡塞，高旗出汉墉。
勤劳谢公业，清白报迎逢。
非须主人赏，宁期定远封？
单于如未系，终夜慕前踪。

◉

“陇”“关”在这里泛指边塞。“雁门太守行”是乐府中的题目，本来写的是东汉时王涣的事迹。梁简文帝萧纲用这个题目写了三首体现边塞征战的诗，这是其中的一首，从这以后，“雁门太守行”这一题目就开始写与边塞、战争相关的内容了。如果你读到唐代诗人李贺的《雁门太守行》，就会发现他写的也是战争场景。

采莲曲（其一）

晚日照空矶，采莲承晚晖。
风起湖难度，莲多采未稀。
棹动芙蓉落，船移白鹭飞。
荷丝傍绕腕，菱角远牵衣。

◉

你们可能在别的地方也见过“采莲曲”这个题名，它是乐府《江南弄》七曲之一，很多诗人都曾以此为题来写诗。这套书里就有好几首以此为题的诗，而萧纲的这一首也是其中的佼佼者，描绘了黄昏时分采莲的场景，其中“晚日照空矶”中的“矶”指水边的岩石。

庾信：我的诗歌融合了南北诗风

◇◇◇◇◇◇◇◇◇◇◇◇◇◇◇◇◇◇◇◇

庾信（513—581）

字子山，世称庾开府，南阳新野（今属河南）人，北周文学家。庾信早期在南朝时，与徐陵一起担任梁简文帝萧纲的东宫学士，成为宫体诗的代表诗人，他们的诗作风格被称为“徐庾体”。后因客居北方（北朝），感伤自己的遭遇，庾信的诗风变得雄浑、苍凉。可以说，他的诗风集合了南、北文学的共同优点，为唐代文学的灿烂发展奠定了基础。唐代诗人杜甫十分推崇庾信，曾多次在诗中称颂他的诗文，如“庾信文章老更成，凌云健笔意纵横”［《戏为六绝句》（其一）］，“庾信平生最萧瑟，暮年诗赋动江关”［《咏怀古迹》（其一）］等。后人将流传下来的所有庾信的诗文作品编为《庾子山集》。

◇◇◇◇◇◇◇◇◇◇◇◇◇◇◇◇◇◇◇◇

诗人故事

我叫庾信，出生在一个儒士之家。包括我父亲在内的十人曾在梁简文帝的组织下抄撰典籍，被誉为“高斋学士”。父亲是一个很有文才的人，在他的影响下，我在少年时代就读了很多书，十五岁的时候还被选为昭明太子萧统的讲读。昭明太子去世后，晋安王萧纲被立为皇太子，这位太子提倡宫体文学，周围的文士应和太子的主张，形成了东宫文学集团，我也是其中的成员，创作了好多绮丽的宫体诗，那时的后学青年们都竞相模仿我们的诗歌，几乎每一首诗都在京都广为传诵。

我生在乱世，像在京都做东宫学士那样的安乐日子十分短暂，很快“侯景之乱”便爆发了。反贼侯景以下犯上，牵制了皇帝，我假借外交使的身份逃到了江陵（今湖北荆州），在那里暂住了一段时间以躲避战乱。“侯景之乱”平定之后，梁元帝萧绎成为皇帝，给予我高官厚禄。我虽身处高位，但时时担心被小人构陷，一直处于惴惴不安的境地。

554 年，我奉命出使西魏，却正值西魏军队进攻江陵，俘虏了我的妻子和母亲。好在西魏的安定公宇文泰与我是好友，他放了我的妻子和母亲。不久，我在魏做了官，由于种种原因，我居留北地，这一生都没有再回到南朝。

来到北朝的那一刻是我人生的转折点，也几乎是我文风的分界线。流寓北方后，我的诗文中再也没有绮丽的宫体诗篇了，取而代之的是我留居异国他乡，思归不得返的悲凉之作。曾有一段时间，南北的关系有所缓和，不少在北朝的文士都返回了故乡，眼看着故人归乡，我心中的乡愁不止一次地被勾了起来。《哀江南赋》这篇文章，就是我在这种思归不得的凄凉心情中所写的，倾注了我所有的感怀，它可以算是我文学生涯的顶峰之作了。

我的一生有很多的遗憾，但我想最大的遗憾便是没能回到故国。如果当初西魏没有进攻江陵就好了，可惜没有如果啊……

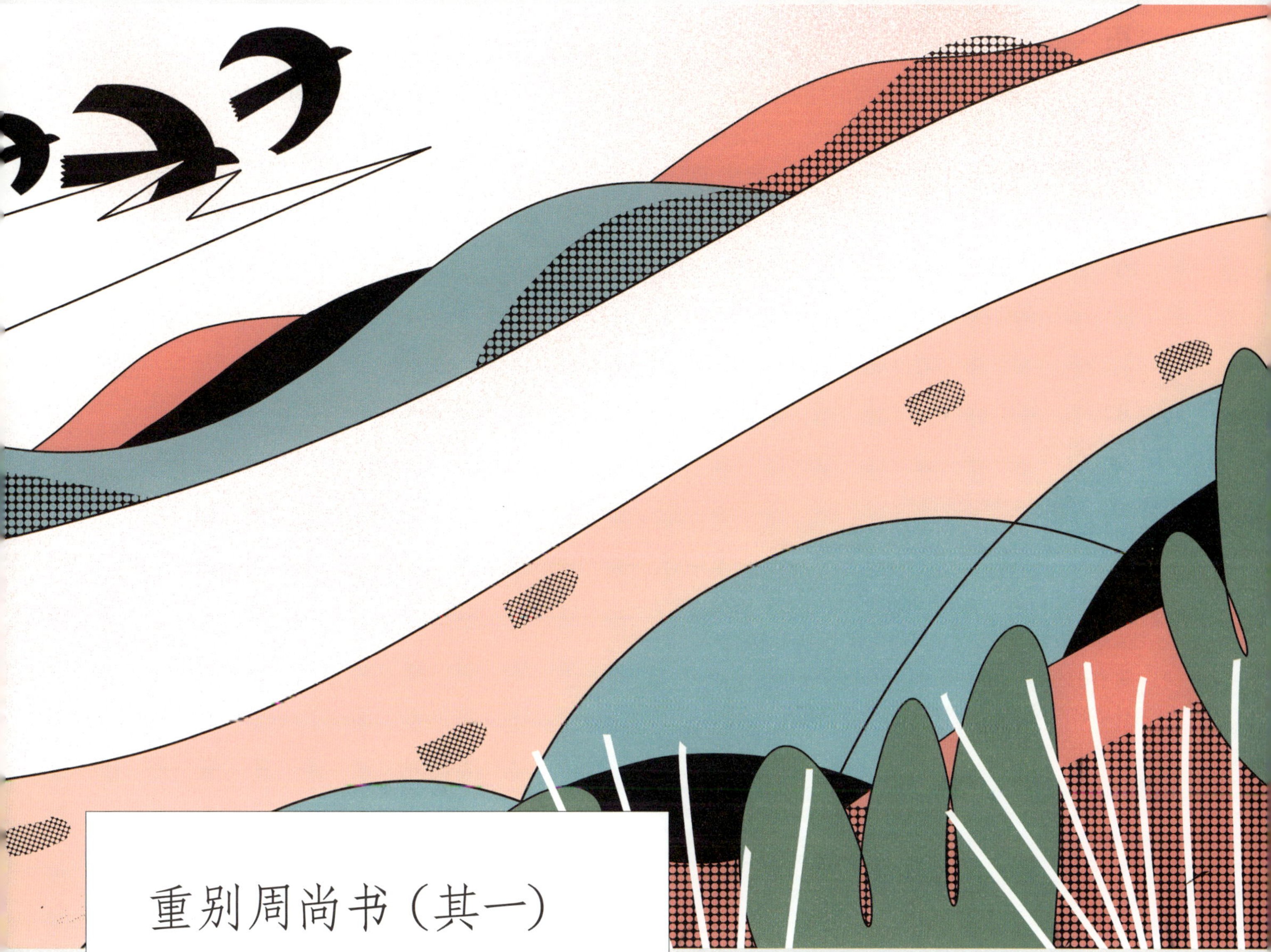

重别周尚书（其一）

阳关万里道，不见一人归。
唯有河边雁，秋来南向飞。

知 识 卡 片 再次送别老朋友

《重别周尚书》是一首送别诗，庾信已作有诗《送周尚书弘正二首》，所以这里取题为“重别”。周尚书，即周弘正，与庾信曾同在梁为官。南北朝时期，有宋、齐、梁、陈四朝在江南地区建立政权，史称“南朝”，与之相对应的，北方地区经历了北魏、北齐、北周三个朝代的更替，史称“北朝”。庾信本是南朝的臣子，却因种种政治上的原因，被牵制在了北周。周弘正南归之际，庾信赠诗相送，《重别周尚书》是其中一首，表达自己思念故国却不得归的悲伤之情。沈德潜在《古诗源》一书中评价道：“从子山时势地位想之，愈见可悲。”

拓展阅读

昭君辞应诏

敛眉光禄塞，还望夫人城。
片片红颜落，双双泪眼生。
冰河牵马渡，雪路抱鞍行。
胡风入骨冷，夜月照心明。
方调琴上曲，变入胡笳声。

◉

题目中的“应诏”说明这是一首应诏诗，是庾信身在南朝时按照太子萧纲的命令，使用乐府诗题《昭君辞》写的一首诗。诗的内容便是描述昭君这位西汉时去匈奴和亲的美人在和亲路上的感受。

寄王琳

玉关道路远，金陵信使疏。
独下千行泪，开君万里书。

◉

这首诗写于庾信晚年远离家乡、身在长安时，诗中的“玉关”便是泛指诗人所在的北方地区。王琳是庾信南朝梁的老朋友，梁亡后，他依然坚持练兵，志在恢复故国。而庾信身处北方，收到王琳的来信，心情激动，写下了这首诗寄给老朋友。

南朝民歌：古老又浪漫的曲调

◇◇

南朝民歌产生并流行于东晋和宋、齐、梁时期，此时的南朝“中外无事，十有余年”，处于太平之世，因此经济繁荣、城市兴盛，王公贵族也都纵情享乐，因此这一时期得以采编入乐府的民歌多为情歌。到了刘宋时期，南朝民歌受到了江南（今江浙一带）民歌与荆楚（今湖北地区）西声的影响，产生了新的乐曲。在梁、陈时期，民歌逐渐衰落，但它对宫体诗的产生具有重要影响。南朝民歌以吴歌与西曲为主，大部分保存在北宋学者郭茂倩所编的《乐府诗集·清商曲辞》之中，有四百多首。

◇◇

西洲曲

忆梅下西洲，折梅寄江北。
单衫杏子红，双鬓鸦雏色。
西洲在何处？两桨桥头渡。
日暮伯劳飞，风吹乌臼树。
树下即门前，门中露翠钿。
开门郎不至，出门采红莲。
采莲南塘秋，莲花过人头。
低头弄莲子，莲子清如水。
置莲怀袖中，莲心彻底红。
忆郎郎不至，仰首望飞鸿。
鸿飞满西洲，望郎上青楼。
楼高望不见，尽日栏杆头。
栏杆十二曲，垂手明如玉。
卷帘天自高，海水摇空绿。
海水梦悠悠，君愁我亦愁。
南风知我意，吹梦到西洲。

知识卡片

千年前一位女子悠悠的思恋

《西洲曲》是南朝民歌中的抒情长诗，与北朝的《木兰诗》并称为南北朝民歌双璧。

这首诗描写的是一位女子的相思之情。诗歌运用了顶真的修辞手法，即用上文结尾的词语或句子，作为下文的开头，如“仰首望飞鸿”一句的结尾是“飞鸿”，下文便以“鸿”开头，这种修辞手法的运用使得诗歌回环婉转，具有音韵美。其中“莲心彻底红”一句又用了谐声双关的修辞手法，“莲心”既指莲子心，又取“莲”的谐音字“怜”，指怜爱之心的意思。民歌的这一手法对文人也有很大影响，比如唐代诗人刘禹锡在《竹枝词》中写“道是无晴却有晴”，便是使用这一手法，以天气的“晴”指代人的“情”。

唐代诗人温庭筠模仿《西洲曲》一诗的语言风格也作了一首《西洲曲》。清代诗人陈祚明称此诗“摇曳轻扬，六朝乐府之最艳者”，实为“言情之绝唱”，这是说《西洲曲》一诗曲调悠扬，是六朝乐府诗中最艳丽的一首，情感的表达也达到了最高的水平。

子夜四时歌

春歌（其一）

春风动春心，流目瞩山林。
山林多奇采，阳鸟吐清音。

夏歌（其十九）

轻衣不重彩，飙风故不凉。
三伏何时过，许侬红粉妆。

秋歌（其十九）

秋风入窗里，罗帐起飘扬。
仰头看明月，寄情千里光。

冬歌（其一）

渊冰厚三尺，素雪覆千里。
我心如松柏，君情复何似？

◉

《子夜四时歌》是南朝乐府民歌，“四时”就是按照四季不同的风物来表现不同的内容，分别有春歌、夏歌、秋歌和冬歌。《子夜四时歌》流传下来的有很多首，这里分别从每个季节中选取了一首。四季的景色不同，在四季流转中生活的人，是否也有不同的感受呢？

北朝民歌：苍茫大地上的劲歌

◇◇

北朝民歌是南北朝时期北方各族人民所创作的作品，主要保存在《乐府诗集·梁鼓角横吹曲》中，大约存有六十首，它们表现了当时鲜卑族、羌族、氐族、匈奴、羯、敕勒等民族的生活与各民族之间的矛盾，具有很强的民族性。北朝民歌的风格也与南朝民歌有很大的不同，学者萧涤非先生曾总结道：“我国文学，自先秦之世，即已有南北两派之不同，大抵南方缠绵婉约，北则慷慨悲凉。南方近于浪漫，北则趋重实际。南方以辞华胜，北则以质朴见长。而此种区别，在南北朝民间乐府中，表现尤为显著。”

◇◇

敕勒歌

敕勒川，阴山下。天似穹庐，笼盖四野，天苍苍，野茫茫，风吹草低见牛羊。

知识卡片 从这首诗了解北朝民歌的风采吧

《敕勒歌》是敕勒族的一首牧歌，敕勒族是北朝时期主要居住在大漠南北，即今蒙古草原的游牧民族，这首牧歌本来是以鲜卑语创作的，后来被翻译成北齐的语言，所以句式长短参差不齐。这首诗歌以简练的语言描绘出了北方草原的风光景色，北宋诗人黄庭坚称此诗“语之奇壮如此，盖率意道事实而已”，这是称赞这首牧歌语言奇丽壮美，但又朴实自然。当代文学家郑振铎评价道：“此诗写北方荒野景色，置现于读者之前，博得后人极端的倾倒，可谓最带北方色彩的诗。”